Sprankels

MARIEKE FRANKEMA

Uitgever:
Books of Fantasy
www.booksoffantasy.com

Fotografie: Jannie de Zeeuw (Marysa's val), Henk Hak (Sprankels,
Te mooi om waar te zijn, Giselle, Drank en Godenspelen),
Glenn Axt (Giselle), Marieke Frankema
Ontwerp en bewerking: Marieke Frankema
Opmaak: Rob van der Zwaard

Eerste druk: april 2014

ISBN: 978-94-608-605-46

BOOKS OF FANTASY

Books of Fantasy is een collectief van ondernemende auteurs die allen opereren onder
de paraplu van een gezamenlijke naam. BoF is een faciliterend bedrijf en aanvaardt geen
aansprakelijkheid op welk gebied dan ook. Iedere auteur is zelf hoofdelijk aansprakelijk

 voor de eigen boekuitgave. Dit betekent ook dat de verdiensten van dit boek
volledig voor de auteur zijn, die tenslotte ook het leeuwendeel van het werk
(het schrijven van dit boek) heeft verricht. BoF geeft hiermee 'het nieuwe
uitgeven' een stimulans. Voor meer informatie: www.booksoffantasy.com

Inhoudsopgave

Sprankels

S tel je voor, een doodnormale dag. Gewoontjes. Saai zelfs. Zo'n dag waarin routine de boventoon voert en je nagenoeg ge- dachteloos doet wat je moet doen. Niet dat het een slechte dag is. Maar gewoon, niet echt iets bijzonders.

En dan, ineens, is het er. Die ene gedachte die glans werpt op dat wat je al zo lang kent, die enkele zonnestraal die net dat detail uitlicht dat je nog niet eerder op die manier was opgevallen. Dat ene sprankje dat het verschil maakt tussen gewoon en buitengewoon.

De verhalen in deze bundel zijn voor mij zo'n sprankel geweest. Of ze nu ontstonden bovenop het hunebed waar ik inspiratie opdeed of omdat het thema voor een verhalenwedstrijd met me aan de haal ging, ze tonen allemaal een glimp van een andere werkelijkheid. Een doorkijkje in het fantastische, waar meer mogelijk is dan je ooit had gedacht, maar wat misschien niet eens zover van de waarheid af staat als je zou denken.

Ik hoop dat deze verhalen nu een sprankel mogen betekenen voor jou, lieve lezer. Door jouw aandacht breng jij de woorden die ik vond tot leven, zodat ze op hun beurt jouw leven weer wat mooier maken.

Misschien zetten ze je aan het denken op zo'n saaie, doodnormale dag, of ben je blij even wat anders te kunnen lezen dan de meestal niet zo opbeurende artikelen in de krant. Hoe dan ook, ik hoop dat je geniet. Al was het maar een sprankje van hoeveel ik genoot van het schrijven ervan.

Liefs, Marieke

Het gebeurt me regelmatig dat ik iets zie of meemaak en dat het door me heen flitst: *Maar dit heb ik al eens meegemaakt!* Meestal denk ik dat het een droom is geweest, of iets nog ongrijpbaarders. Soms let ik daarna extra goed op in het verkeer. Je weet maar nooit. Maar wat als het werkelijk waar is dat je dat specifieke moment al eens hebt beleefd?

Dit verhaal ontstond voor de themawedstrijd *Deal* van Pure Fantasy. Nee, niet gewonnen. Maar dat was blijkbaar niet genoeg reden om op het voorstel van een engel in te gaan…

Balans

Balans

De houten balletvloer kraakte onder de sprongenseries van de dansers. De pianist vulde de ruimte met noten die de dansers hielpen zweven. De docent stond tegen de barre geleund en keek naar zijn leerlingen als een jagende kat.

De directeur van de opleiding stapte binnen en de docent schoot in de houding. Ook de dansers voelden de aanwezigheid en sprongen nog hoger, hun voeten nog meer gestrekt, hun gezichten nog trotser. De directeur stak zijn hand op, de muziek verstomde. De docent maande de dansers dichterbij te komen en iedereen haastte zich om aan de voeten van de directeur plaats te nemen. Deze keek de studenten met een minzaam glimlachje aan.

'Mensen, ik ben hier vanwege de afstudeerproductie. Jullie weten dat we daar meteen na de tentamens mee starten. We beginnen met *The dance of the Goblets* uit het Zwanenmeer, zoals bekend een ensemblestuk. Daarna een kwartet voor een vrouw en drie mannen uit *Strong Voices*, naar de choreografie van Hans van Manen. De gelukkige vier zullen gaan werken met de vaste repetitor van het Nationaal Ballet...' De directeur sprak verder, maar de meeste dansers hoorden het amper meer. Ieder van hen zou er een lief ding voor over hebben om in dat stuk te mogen dansen, helemaal als het een kans bij het Nationaal Ballet zou opleveren. Andrea van den Berg voelde haar hart een slag overslaan bij de gedachte en bijna onbewust kruiste ze haar vingers.

Ik voel verlangen. Ik kom wanneer mensen bidden of wensen, geleid door hun hoop.

De te volgen procedure ontvouwde zich als vanzelf in mijn brein. De normale gang van zaken eigenlijk. Observeren, kansen signaleren, confronteren en het contract sluiten. Als de mensen eens wisten hoezeer ze hun eigen lot kunnen sturen, hoeveel een gebed werkelijk teweeg kan brengen.

In mijn gedachten zocht ik contact met Efrata, mijn bazin, en voelde al snel haar energie. Nog voor ik haar bewust het hele concept had laten ervaren, voelde ik haar toestemming al. Na al die eeuwen vertrouwde ze me zo goed als blind, en terecht. Ik had hard aan mijn uitstekende reputatie gewerkt.

Ik kon beginnen.

'Ik word gek!' Andrea banjerde door de kleedkamer en smeet de handdoek in haar tas. Haar vriendin Tessa schudde haar hoofd.

'Het gaat je wel lukken. Je moet je balans vinden.'

'Jaja, tandenpoetsen op je spitzen.' Andrea zuchtte. 'Het is gewoon frustrerend. Ik werk zo hard.'

'Lieverd, je bent zo goed. Waarom snap je dat zelf nou niet?'

'Maar mijn pirouettes...'

'Dat Christina Ballerina vierdubbel draait, wil niet zeggen dat ze beter danst dan jij.'

'Zij valt niet om.'

'Je kunt dit, An. Gewoon volhouden.'

Andrea keek haar vriendin dankbaar aan. Tessa was in het eerste jaar al overgestapt naar de richting docent dans, maar trainde nog zo veel mogelijk met de uitvoerende klas mee. 'Ik voel gewoon zo'n druk op me liggen. De tentamens zijn volgende maand al. En dan ook nog dat gemoeilijk over de rollen in de afstudeerproductie.'

'Ja! Waarom kunnen ze niet gewoon meteen zeggen wie een rol mag dansen? Ze weten het vast allang.'

'Ze willen dat we nog harder gaan werken, dat is het.' Andrea haalde geïrriteerd haar vingers door haar haar. 'Ik zweer je, nog een paar weken en die knot zit er voor eeuwig in. Yugh. Hoe zie ik er uit?'

'Prima. Hoezo? Heb je weer een date?'

Andrea glimlachte breed. 'De enige vrije avond van de week.'

'Denk je dat jullie voor de rest van je leven bij elkaar blijven?' vroeg Tessa.

'Ik weet het niet. Misschien wel.' Andrea's ogen glansden.

'Heb je wel tijd voor een relatie?'

'Hij is leuk. En hij begrijpt het leven van een danseres.'

'Inderdaad, als iemand het begrijpen kan. Je moet links nog wat meer mascara op doen.'

Hij stond bij het waterkraantje op de gang en kwam meteen naar haar toe toen ze de kleedkamer uitstapte. 'Schatje van me.'

'Je bent vroeg!'

'Ook fijn dat je blij bent me te zien,' mompelde hij verontwaardigd.

'Dat zeg ik toch niet?' plaagde ze. Zijn kus deed vlinders in haar buik opvliegen.

'Ga je mee?' vroeg hij.

'Eerst even wat spullen in m'n kluisje stoppen, ik blijf spitzen sjouwen.'

Hij liet zijn hand langs haar billen glijden toen ze hem voorbij liep. Ze lachte en greep zijn hand. 'Kom je weer eens klassiek meedoen?'

'Ik was van plan dinsdag te komen,' zei hij.

'Leuk. Ik hoop dat we dan weer samen mogen partneren.'

'Ik hoopte dat vanavond al te doen.'

'Lysander! We zijn nog op school, hoor.'

'Nou en?'

'Wat had je in gedachten?'

'Eten bij mij, Matthew Bourne's Zwanenmeer kijken, enneh… nou ja…' Hij grinnikte. 'Het mag ook in een andere volgorde.'

'Denk je wel eens aan iets anders?'

'Ik kan er niks aan doen. Het is zwaar hoor, als heteroman tussen al die mooie en lenige ballerina's.'

'Concentreer je liever op jezelf. Je kunt meer aan dan alleen het corps de ballet.'

'Waarom zou ik nu al solist willen zijn als mijn prima ballerina pas volgend jaar bij het gezelschap komt?'

Andrea moest slikken om zowel de tranen als de vlinders te bedwingen. Hij geloofde in haar!

Ik begreep het niet. Nu wel, maar toen ik hen samen zag, snapte ik het niet. Hoe mensen zo veel om elkaar kunnen geven en zich onvoorwaardelijk aan elkaar kunnen geven zonder duidelijkere reden dan 'liefde', ging totaal aan mij voorbij. Liefde was voor mij vooral handig. Onderhandelingsonderwerp nummer één, meer niet.

Nog niet.

Het duurde nog ongeveer een week voordat het perfecte moment kwam. Ik keek toe terwijl ze repeteerde of kletste met vriendinnen, hoe ze sliep met Lysander. Hoe ze echt sliep, in haar eigen bed. Ik vond haar mooi. Als ze liep, was het alsof de vloer haar met liefde droeg en haar een extra zetje gaf als ze zich weer afzette. Haar lichaam was sierlijk als een waterbloem die deint in de stroming. Ik genoot van haar nabijheid, van de energie die zij uitstraalde.

De spanning rondom de rollen voor hun eindvoorstelling groeide en eindelijk kwam het moment dat haar hart ervan overliep. Het was midden in de nacht. Ze lag al uren in bed zonder de slaap te hebben gevat. Ze vouwde haar handen niet eens, ze zond het gebed eenvoudigweg het universum in.

'Geef me alsjeblieft die rol. Ik zal alles doen, ik zal alles geven om die rol te mogen dansen.'

Als ik ervoor kies zichtbaar te zijn, dan bepalen de mensen zelf hoe ze mij zien, afhankelijk van wat ze zich voorstellen bij een wezen als ik. Voor Andrea verscheen ik als een engel, gebeeldhouwd door een Italiaanse meester.

De slaapkamer vulde zich met licht. Andrea schrok even, maar de engel straalde een rust uit die haar dadelijk kalmeerde.

'Droom ik?'

'Nee, Andrea. Je bent wakker.'

Ze wilde zichzelf knijpen, maar bewoog in plaats daarvan haar voet. De spierpijn was echt genoeg. 'U kent mijn naam. Bent u een engel?'

'Wij hebben vele namen. Engel voldoet voor nu. Ik heb een voorstel voor je.'

Er verscheen een weegschaal in de hand van de engel. De schalen rustten in elkaars verlengde.

'Ieder leven bestaat uit gebeurtenissen. Al die gebeurtenissen leggen gezamenlijk gewicht in deze schalen en ze zijn altijd in balans. Dat is zo bij iedereen. Let wel, ik heb het niet over geluk. Ieder mens gaat op zijn eigen manier om met elke gebeurtenis, en dat bepaalt of een mens geluk vindt of niet. Ik heb het slechts over wat er op je pad komt. Dat ligt niet vast. Je hebt af en toe de mogelijkheid om iets aan de gebeurtenissen te veranderen. Een van die momenten is nu. Jij kunt er nu voor kiezen die rol te mogen dansen.'

Andrea voelde haar hart een sprong maken. 'Is het mijn eigen keuze?'

De engel knikte. 'Maar dan gebeurt er dit.' De rechterkant van de weegschaal zakte een stuk naar beneden. 'Het evenwicht raakt verstoord. Er moet iets anders gebeuren om alles weer in balans te krijgen.'

'Zoals?'

'Een tegenstelling. Iets dat totaal anders is dan het dansen van de solo.'

'Iets ergs... Zoals een blessure?'

'Bijvoorbeeld. Maar met een blessure is het vrijwel onmogelijk om die solo te dansen. Dat heeft geen zin.' De engel speelde met de schalen. 'Hoe groot zou het geluk zijn wanneer je de solo mag dansen?'

'Zet de geluksschaal maar zo diep mogelijk,' glimlachte Andrea.

'Om de balans te herstellen...' zei de engel traag, terwijl hij de andere schaal ook helemaal naar beneden drukte.

'Dus het moet iets zijn dat... Verschrikkelijk is...'

'Wat zou je meer pijn doen dan wat dan ook?' vroeg de engel.

Onwillekeurig voelde Andrea haar ogen prikken bij de gedachte. 'Lysander...'

Ik merkte dat ik het een uitstekend idee vond om Lysander uit haar leven te schrappen. Vreemd, ik had nog nooit een persoonlijke mening gehad over zoiets. Vanuit zakelijk oogpunt was een relatiebreuk vrijwel altijd een goede deal, maar nu was er een deel van mij dat zich erop verheugde die twee uit elkaar te drijven. Ik gaf haar de tijd haar opties te wegen, maar stuurde wel aan op een oplossing die me beviel.

'In hoeverre staat hij jouw carrière in de weg? Zal hij jouw ambitie begrijpen en bereid zijn jou die ruimte te geven?'

'Ik denk het...' Maar de twijfel had al toegeslagen, gevoed door Lysander zelf, die allang tevreden leek met zijn plaats in het corps de ballet en zelfs

zijn dagelijkse training regelmatig verzaakte. Ze wist het. Lysander was uit ander hout gesneden dan zij.

'Maar... Doe ik hem dan geen pijn?' vroeg ze zacht.

'Ik kan zorgen dat het hem geen pijn doet.'

'Nou, als je daarvoor kunt zorgen...' Ze keek me aan. Voor het eerst ving ik haar blik. Het was alsof de tijd even stil stond.

De engel had prachtige ogen. Helder blauw, als de zee bij een tropisch eiland. Andrea had het gevoel dat ze hem uren aan kon kijken zonder zich een moment te vervelen.

'Goed,' zei ze, 'ik doe het.'

De weegschaal verdween en er kwam een rol perkament te voorschijn.

'Je moet hier tekenen,' zei de engel. 'Dan gaan we een paar dagen terug in de tijd en zal de toekomst voor jou zijn nieuwe loop nemen. Je zult je niets herinneren van dit gesprek.'

'Goed dan.'

Andrea pakte een gouden pen van de engel aan en zette haar naam onder het contract. Het nu loste op en samen verdwenen ze in het niets.

Ze sliep. Haar gezicht verraadde prettige dromen. Ik zat naast haar op het bed en kon mijn ogen niet van haar af houden. Ergens wist ik dat dit niet gepast was, laat staan normaal, maar het kon me niets schelen. Ze was gewoon mooi. Interessant. Haar passie ging diep, en daar wilde ik meer van weten. Ik zag haar als een studieobject, een kans om mijn werk nog grondiger te kunnen doen. Precies. Een project.

'Ik word gek!' Andrea banjerde door de kleedkamer en smeet de handdoek in haar tas. Haar vriendin Tessa schudde haar hoofd.

'Het gaat je wel lukken. Je moet je balans vinden.'

'Jaja, tandenpoetsen op je spitzen.' Andrea zuchtte. 'Het is gewoon frustrerend.'

'Lieverd, je bent zo goed. Waarom snap je dat zelf nou niet?'

'Wow! Enorme déjà-vu!'

'Huh?' Tessa keek Andrea vragend aan.

'Ja, echt! Oh, het is alweer weg. Laat maar.'

'Nou, ik ga.'

'Is goed, ik zie je morgen.'

'Je moet links nog wat meer mascara op doen.'

'Dank je, doe ik zo.' Andrea haalde geïrriteerd haar vingers door haar haar. 'Ik zweer het, nog een paar weken en die knot zit er voor eeuwig in.'

De school leek totaal verlaten, alle lokalen waren gehuld in duisternis. Alleen in de kleedkamer van de mannen brandde nog licht. De conciërge zou vast nog wel een rondje doen, maar Andrea klopte toch bescheiden op de deur.

'Hallo? Is daar nog iemand?'

Ze duwde de deur open en reikte al naar het lichtknopje, toen ze ze zag. Twee mensen lagen naakt op een bankje, innig verstrengeld met elkaar. Ze gromden van genot en merkten Andrea niet eens op.

'Oh, Lysander, je weet precies hoe je me gek moet maken,' kermde een blond meisje. Andrea werd koud en misselijk.

'Je bent zo lekker,' fluisterde een stem die Andrea maar al te goed kende. Ze draaide zich om en vluchtte.

Efrata en haar gevoel voor drama. Ik vervloekte de manier waarop het universum zich aan haar deel van het contract had gehouden. Andrea was gereduceerd tot een lappenpop, slap en zielloos. Ze had al meer dan een week geen kleur meer op haar wangen en de vloer absorbeerde haar stappen alsof ze danste op natte klei. Als het zo doorging, zou ze haar kans op de solo vergooien.

Wij scheppen slechts de gelegenheid, een mens dient het zelf af te maken. Maar in dit geval was dat niet genoeg. Ik miste haar passie alsof ik een deel van mezelf was verloren. Het idee dat ze nu háár grote droom aan zich voorbij zou laten gaan, deed me meer dan ik wilde toegeven. Ik moest ervoor zorgen dat het contract tot zijn volle strekking ten uitvoer werd gebracht.

Andrea slofte door het park. Plotseling reed er een skateboarder rakelings langs haar heen. Hij week uit, verloor de controle en viel hard op de grond.

'Jeetje, gaat het?' vroeg ze bezorgd.

De jongen krabbelde overeind, sloeg wat stof van zijn broek en bromde dat het wel ging.

'Weet je het zeker?'

Hij keek haar aan en het leek of de tijd even stil stond. Hij had helder blauwe ogen, als de zee bij een tropisch eiland.

'Ja, ik... Gaat het wel met jou?' vroeg hij.

'Ja hoor. Sorry, ik lette niet goed op.'

'Ik ook niet. Het is nog vroeg. Ik ben Maarten.'

'Andrea.'

Maarten grijnsde schaapachtig. 'Ehm... Mag ik je een koffie aanbieden, tegen de schrik?'

Andrea glimlachte nu ook. 'Al is het maar om te voorkomen dat je nog iemand bijna van de sokken rijdt.'

'Als je het zo stelt, is die koffie wellicht in het belang van de samenleving.'

'Ik weet een leuk tentje hier om de hoek.'

In de koffiebar raakte ze mijn hand aan. Heel even. Haar aanraking was warm en op een of andere manier goudeerlijk. En zo mooi. Het gevoel trok als een golf door mijn lichaam en ik verlangde naar meer. Zij moet het ook hebben gevoeld. Ik zag het in haar ogen. We spraken af elkaar die avond weer te zien, om boodschappen te doen, want meer tijd had ze niet. Zij wist uiteraard niet dat ik in mijn eigen vorm naar haar keek tijdens de repetitie. Ze zweefde, de vloer was weer haar danspartner geworden. Die dag draaide ze perfecte vierdubbele pirouettes.

'Het spijt me als ik een beetje afwezig ben vanavond. We krijgen morgen te horen wie de solo mag dansen.'

In mijn menselijke vorm kon ik haar gevoelens en gedachten niet zo makkelijk voelen als normaal, maar nu gleed er ook door mijn buik een lading vlinders. Ergens vond ik het vertederend, die zenuwen. Fijn dat ze niet voor niets zouden blijken.

'Weet je, zonder jou had ik mijn tentamens echt nooit gehaald.' Ze pakte mijn hand. Ik voelde haar aanraking door mijn hele lichaam zinderen, als

altijd. Waarom was ik niet veel eerder mens geworden? Als het kon, zou ik deze afgelopen vier weken met haar tot in de eeuwigheid herhalen.

'En ik heb nu weer... tijd...' zei ze zacht. Ze rook licht naar bloemen. Ik heb me nooit eerder gerealiseerd hoeveel toegevoegde waarde zintuigen hebben. Weten is zo iets anders dan ervaren. Haar hand gleed over mijn rug naar beneden. Voor het eerst raakte ze bewust mijn billen aan en bewoog haar hand nu naar de voorkant. Ik wist zeker dat zoveel gevoel niet in een mensenlichaam paste, dat ik zou scheuren van intensiteit. Ze kuste me en ik gaf me volledig over, tot elke gedachte aan mijn ware wezen slechts een verre, vlakke herinnering was.

'Maarten!' Andrea kwam aanrennen en vloog hem om de nek. De rok van haar gloednieuwe galajurk zwierde om haar heen. Verschillende mensen stapten verbaasd opzij.

'Moet je horen! Het Nationaal Ballet wil me engageren! Kun je het geloven? Ze vonden *Strong Voices* zo goed, dat ze me meteen willen hebben! Vind je het niet geweldig?' Ze kuste Maarten vol op de mond. 'Ik mag volgende week al komen voor de contractbespreking. Wauw, ik ben gewoon helemaal... En ze vonden mijn sprongen zo goed, en de spitzentechniek en... Wauw!'

Er zijn duidelijke regels over hoe wij ons gedragen ten opzichte van mensen. Wat ik deed stond in een van de eerste verboden. Er was ongetwijfeld een prijs te betalen, een straf, maar dat deed me weinig. Ik lééfde, ik wás. De rest kon me niets schelen.

Maar Efrata wel. In minder dan een bliksemschicht was ze bij me, ze manifesteerde zich zelfs. Ze verpulverde me bijna met haar woede, ik had haar nog nooit zo meegemaakt. Ik kon nog net een briefje voor Andrea creëren voordat ze me meeplukte naar onze eigen sfeer.

'Problemen aan het thuisfront, moet helaas weg. Spreek je gauw. Ik hou van je. Maarten.'

Andrea drukte het briefje tegen haar hart.

'Amateur.' Efrata's woede was doorkliefd met medelijden. 'Wie wordt er dan ook verliefd op een mens! Ik ga nu de balans herstellen. Zorg maar dat je over haar heen bent als ik terug kom.'

'De balans herstellen' klonk onheilspellend. Ik moest Andrea bereiken. Nog voor ik de gedachte goed en wel had geformuleerd, trok er een brandende pijn door heel mijn wezen. Efrata had me vastgelegd met banden van energie. Ze was er goed in, deze banden waren niet eenvoudig weg te denken. Ik vloekte. Ik zat vast zolang Efrata dat wilde en ondertussen had zij vrij spel met Andrea.

De gedachte aan haar zond een nieuwe golf van pijn door me heen. Toch zocht ik haar energie, ik zocht naar alles wat ik van haar kon vinden, zelfs in onze eigen archieven. Ik vond het contract. Het zien van haar naam, in haar eigen handschrift, gaf me hoop.

Haar weegschaal zag er echter schrikbarend uit; volledig uit het lood. De wetenschap dat ik haar balans zover had laten uitslaan, was even prachtig als verschrikkelijk. Efrata zou zich genoodzaakt zien tot drastische maatregelen.

De pijn was verlammend, maar ik vond Andrea's energie. Ze zat in een auto, op weg naar de bespreking met het Nationaal Ballet. Ik wist wat Efrata zou doen. Ik voelde zo veel emoties tegelijk, ik kon niet helder meer denken. Het zal meer geluk dan wijsheid zijn geweest dat ik veranderde in Maarten. Efrata's banden hadden zo geen grip meer op me en met een enkele gedachte bevond ik me op het kruispunt.

Een oorverdovende klap, het gerinkel van glas, een autoalarm dat begon te loeien. Ik beschermde haar tegen het metaal dat zich om haar heen vouwde. Ze was nog maar half bij bewustzijn.

'Maarten? Wat…'

'Stil maar. Het is goed.'

'Wat doe je? Ik dacht dat…'

'Ik haal je hieruit. Geloof in jezelf. Zonder mij… Zonder mij had je de solo ook mogen dansen.' Ik haalde het contract te voorschijn en versnipperde het. Mijn menselijke trommelvliezen scheurden, Andrea gilde. Ik werd bij haar vandaan gezogen en we verdwenen in het niets.

Nu ben ik hier. Niet in het niets, niet in het nergens, maar in het nooit. Ik sta buiten de tijd. Dit is mijn straf voor het verbreken van het contract, *permanente verbanning. Hoewel permanent in de eeuwigheid altijd weer vergankelijk blijkt.*

Efrata heeft me in de danszaal opgesloten. Ik denk dat ze me daarmee extra heeft willen kwellen, maar ik geniet. Af en toe voel ik Andrea's energie en probeer ik mijn liefde naar haar toe te sturen, al weet ze niet wie ik ben. Het geeft niet. Ik heb echt geleefd. Geen enkele kwelling, hoe zwaar ook, zal mij ooit meer in balans brengen. De liefde zal altijd zwaarder wegen.

De houten balletvloer kraakte onder de sprongenseries van de dansers. De pianist vulde de ruimte met noten die de dansers hielpen zweven. De docent stond tegen de barre geleund en keek naar zijn leerlingen als een jagende kat.

Andrea stond klaar in de hoek en werd zich opeens gewaar van een mooi gevoel. Een warmte, als van tastbare liefde. Haar hart stond heel even stil en ze zag in gedachten helder blauwe ogen, als de zee bij een tropisch eiland. Ze glimlachte en begon aan haar eerste jeté. Ze sprong nog nooit zo hoog.

Om eerlijk te zijn heb ik geen idee wanneer mijn fascinatie voor hunebedden begonnen is. Als kind had ik er nog geen last van, maar inmiddels ben ik zelfs een keer bij volle maan, om middernacht bij een hunebed geweest. Magisch, en, in alle eerlijkheid, ook doodeng! Offer in de Mist, mijn tweede roman, speelt zich af in de omgeving van de hunebedden. Op de dag dat ik in Borger was om inspiratie op te doen, kwam er echter ook een kort verhaal in me op. Dat verhaal is Stenenkracht, dat qua verhaallijn helemaal niets met Offer te maken heeft, maar toch een zusterverhaal is. En dat is niet eens zo raar. Ook zaken die ogenschijnlijk niets met elkaar van doen hebben, kunnen in werkelijkheid onlosmakelijk verbonden zijn.

STENEN

KRACHT

Stenenkracht

Het gras, nat van de dauw, piepte bij elke stap de ze zette. In de verte kleurde de horizon grijs, de ochtend gloorde. Megh stond een paar hartslagen stil. Dit moment van de dag had ze slechts één keer eerder aanschouwd. Ze huiverde, zonder te weten of dat veroorzaakt werd door de kou of door het besef dat ze de opkomst van de zon nooit meer zou zien met Ben aan haar zijde. Ze stopte haar gevoel zorgvuldig weg. Bij de Heuvel, in het aangezicht van de Voorouders, zou ze zijn aanwezigheid voelen en haar zorgen en verdriet pas loslaten. Niet hier, midden in de graslanden, terwijl maan en sterren heersten over de tijd. Ze schraapte haar keel en zette de wandeling voort, terwijl de smalle maan haar eraan herinnerde dat de tijd sneller verstreek dan haar lief was.

De wind trok aan haar kleding. Haar buis zat al strakker om haar buik, ze zou er stukken tussen moeten zetten. Ergens in de kist zouden nog wel wat huiden liggen. En als het echt nodig was, kon ze wellicht een buis van Ben...

Voor het eerst was ze blij dat haar verkoudheid een hoestbui veroorzaakte en daarmee haar gedachten ruw onderbrak. Het geluid klonk onwerkelijk luid in de stilte en vervormde in de kou. Een nieuwe huivering trok over haar rug, tranen sprongen in haar ogen. Weer stond ze stil, nu voorovergebogen om het geweld in haar lichaam te doen luwen. Als ze maar niemand wakker had gemaakt. Zonder Ben was ze voornamelijk lastig voor de stam, iemand die maar weinig kon bijdragen. Het zwakke zwijn vindt als eerste de dood, zei men hier. Ze wilde de gunsten van haar dorpsgenoten niet verspelen.

Bovendien was deze tocht alleen van haar. Zelfs Baroem hoopte ze niet te zien bij de Heuvel. De priester mocht dan voor de Voorouders zorgen, van haar verdriet over Ben snapte hij niet genoeg.

Buiten adem vervolgde Megh haar tocht. Het was in feite niet ver van haar hut naar de Heuvel. Vroeger, toen haar ouders er net waren bijgezet, ging ze er soms wel drie keer op een dag naar toe en had ook dan nog genoeg tijd om de klussen in en rond de hut uit te voeren.

Nu de nacht nasluimerde, leek de weg langer en minder vertrouwd. Bedreigend zelfs. Megh herinnerde zich de verhalen van Baroem, over wat er kon schuilen in de diepe wouden rond hun veilige dorp. Zou haar gehoest de aandacht hebben getrokken van wezens die het daglicht niet wilden aanschouwen? Ze haastte zich verder, terwijl de contouren van de Heuvel steeds scherper afstaken tegen de lichter kleurende hemel.

De stenen lagen als altijd onverzettelijk in de aarde. Megh kon hun energie voelen, nog voordat ze de greppel over was. De twee stenen naast de ingang waren bleek als slagtanden. De olielampjes die Baroem er iedere avond neerzette, brandden alsof de nacht nog lang mocht duren. De vlammetjes wierpen vele lagen schaduw over de ingang. Vaag rook Megh lavendel door de scherpe geur van salie heen. De Voorouders voelde ze nog niet, evenmin als Ben. Wel kreeg ze kippenvel op het moment dat ze binnen de greppel was. De wind lag stil binnen die heilige cirkel, de geluiden van de nacht waren ver weg. Hier heersten andere machten.

Een zucht streek langs haar wang.

'Mam,' zei Megh zacht en gebroken. Meteen volgde een tweede streling. Haar moeder gaf als altijd troost. Megh ging zitten naast de grote stenen van de ingang, waarbij ze direct contact zorgvuldig vermeed. Alleen Baroem had het recht de stenen aan te raken en hun magie te hanteren. De grond gaf echter voldoende kracht af, Megh voelde het in haar hart.

Meer kleine aanrakingen volgden. De Voorouders lieten weten dat ze er voor haar waren. Ben hield haar het langst vast. Ze kon zijn stem bijna horen in het zachte gemurmel van de eeuwigheid. Als ze haar ogen sloot, was het of ze in zijn armen lag, gekoesterd als in de nacht dat ze de zon samen zagen opkomen. Hij streelde zacht door haar haren, streelde de welving van haar hals. O, mocht ze hier maar een eeuwigheid vertoeven.

'Megh.'

Baroems diepe stem verjoeg de aanraking. Megh voelde haar hart naar haar navel zinken.

'Kon je niet slapen?'

Zijn stem klonk vriendelijk. Ze knikte echter slechts, glimlachte half. Hij kwam dichter naar haar toe, zijn staf secuur hier en daar op de bodem plaatsend. In de ochtendschemer maakte de donkere kleuring rond zijn ogen zijn gezicht nog doodser dan normaal, bijna identiek aan de kleine schedel die op zijn staf prijkte. Het besef dat deze ooit aan een zuigeling had behoord, benam Megh een moment de adem. Dat ze daar nooit eerder bij stil had gestaan! Maar ach, alles was nu anders. Ze slikte en dadelijk volgde er een nieuwe hoestbui.

'Dat klinkt niet goed,' zei Baroem. 'Kom later vandaag naar mijn Hut, dan zal ik deze ziekte uit je lichaam bannen.'

Megh knikte met tranen in haar ogen. Ze stikte bijna in een poging het hoesten te onderdrukken. Ze hoopte dat hij haar rode wangen niet zou zien.

'Ik vroeg me af of je Ben hebt gevoeld,' vervolgde Baroem zijn gesprek. 'Ik voel hem weinig de laatste tijd. Het is dan ook al meer dan acht maanstanden geleden dat hij naar de Voorouders vervaagde. Zijn lichaam is teruggekeerd naar de aarde. Je zult hem steeds minder voelen, Megh.'

Waar had hij het over? Ben was duidelijk als altijd, zijn geest was sterk en zijn aanraking tintelde nog na op haar huid.

'Het is een harde wereld voor een vrouw alleen,' zei de priester. Hij trok zijn mantel van zwarte geitenhuiden dichter om zich heen. 'Helemaal met een jong kind.'

'Ik heb mensen om me heen,' zei Megh hees.

'Dat weet ik,' zei Baroem. Hij stak een hand uit om haar overeind te helpen. 'Maar de doden zijn niet in staat je te helpen. Welbeschouwd heb je niemand meer.' Hij liet zijn woorden een moment in de lucht hangen. 'Maar ik zorg dat de gemeenschap zich over je ontfermt. Wees maar niet bang. Kom, ik zal je de zegening geven die je zoekt.'

*

De grote klok in de gang sloeg elf toen Catharina de voordeur opende. Ze was blij dat ook de laatste gasten nu naar huis gingen. Ada gaf haar zoon voor de zoveelste keer een kus op zijn wang en vertelde nog iets over de buurvrouw. Kees, met een lichte blos op zijn wangen die te danken was aan de cognac, wachtte geduldig als altijd op zijn vrouw. Hij knipoogde naar Catharina.

'Je weet het, vrouwen en hun zoons.'

'Ja,' zei Catharina met een glimlach.

'Nou, kind, jij een fijne dag morgen,' zei Ada. 'Dan ben je pas officieel zesendertig natuurlijk.' Ze schudde Catharina's hand uitvoerig. 'Wat dat betreft zouden we pas om twaalf uur afscheid moeten nemen, het is ongepast om iemand te feliciteren vóór de feitelijke verjaardag.'

'Bel morgen maar, mam,' zei Peter. Hij kwam achter zijn vrouw staan en sloeg zijn armen om haar heen.

'Uiteraard,' zei Ada. 'Zesendertig. Het wordt wel tijd voor kleinkinderen, hoor. Straks ben je te oud.'

Catharina voelde haar adem in haar keel stokken. Ze kneep in Peters arm en perste er een glimlach uit. 'Wie weet, Ada.'

'Het zou leuk zijn. Weet je dat de dochter van Annelies zwanger is? Je weet wel, Annelies van het ziekenhuis.'

'Kom op,' bromde Kees. 'Als je zo doorgaat, zijn we er inderdaad om twaalf uur nog. Ik dacht dat jij morgen vroeg op wilde.'

'Oh, ja, de rommelmarkt van de kerk! Goed dat je het zegt. Nou, kinderen, fijne dag morgen en we bellen nog wel.'

'Ongetwijfeld,' zei Catharina. Peter keek haar een moment grinnikend aan.

'Oh, en die rode wijn kun je er met witte wijn uit krijgen.'

'Dat heb je al verteld, mam. We zullen het doen.'

'En anders moet je even bellen, want het schijnt ook met Vanish wel te werken.'

'Het komt goed, Ada,' zei Catharina. 'Die drie druppels...'

Haar schoonouders stonden inmiddels op het stoepje. Catharina liet haar hand achter de deur glijden en beheerste de drang hem dicht te gooien. Peter pakte haar andere hand en kneep erin.

'Tot snel!' zei hij.

Eindelijk maakten de gezichten plaats voor ruggen. Met een zachte klik liet Catharina de deur in het slot vallen.

'Pfoeh,' zei ze.

'Ja,' zei Peter. 'Kom eens hier.' Hij nam Catharina in zijn armen en ze schudde haar hoofd tegen zijn schouder. 'Ze bedoelt het niet zo.'

'Nee, weet ik wel.' De last van proberen en proberen, al meer dan drie jaar ziekenhuis in en uit, woog zo zwaar. Ze wilde de moed niet verliezen, maar het werd steeds moeilijker.

'Kom eens.' Peter nam haar mee naar de woonkamer, waar de lage tafel nog bezaaid stond met lege glazen en halfvolle schaaltjes chips. Uit het laatje pakte hij een grote, rode enveloppe.

'Gefeliciteerd met je verjaardag, lieve schat.' Hij kuste haar en overhandigde haar vervolgens de enveloppe, die ze opende zonder het papier te scheuren.

TEGOEDBON VOOR EEN WEEK SAMEN

'Wat lief, schat!' Catharina gaf hem een kus.

'Jij mag uitzoeken waar je heen wilt.' Hij haalde een atlas tevoorschijn en sloeg hem open op een willekeurige pagina.

'Dit is Alaska,' zei Catharina.

'Oh, ik had hem willen openslaan op de Benelux. Het is wel prettig om met de auto te kunnen. Ik bedoel, een persoonlijke kredietcrisis is niet echt iets waar ik op zit te wachten.'

Catharina grinnikte. 'Ik kan ongetwijfeld iets vinden.' Ze nam de atlas van hem over en bladerde erdoorheen.

'Waar heb je zin in?' vroeg Peter.

'Ik kom steeds hier uit,' zei Catharina. Ze wees naar een klein rood stipje ergens in Oost-Nederland. Ze wist niet eens hoe het plaatsje heette, maar haar vinger bleef er als het waren op haken. 'Ik denk dat dat het wordt.'

'Prima,' zei Peter. 'Daar kunnen we er zelfs wel tien dagen van maken. Enne... Ik wil de thermometer thuis laten.'

Zijn woorden raakten haar diep en ze beet op haar lip. 'Dat is fijn.'

'Kom, laten we nog even zitten. Het opruimen zien we later wel.' Hij veegde haar tranen weg zonder er iets over te zeggen en trok haar warm tegen zich aan. 'Het komt wel goed, lieverd.'

'Hoe lang zeggen we dat nu al?' zei Catharina. 'Ik ben het zo zat.'

'We gaan in het najaar lekker samen op vakantie. Geen dokters, geen gedoe, even helemaal niks.'

'Ja.' Ze nestelde zich nog wat beter in zijn armen.

'Misskien kunn'n we daan wel een stukkie fiets'n. Zoa van die band'n vol met wind enzeu.'

Catharina lachte. 'Lijkt me lekk'r, m'n skat.'

'Wauw, als ik niet beter wist, zou ik denken dat je rechtstreeks uit Drenthe kwam!'

'Dat griegie d'r nou van asje d'r mee begin.'

*

De zon schitterde tussen de wolken. Megh hief haar gezicht en genoot van de warmte, hopend dat die ook tot haar vermoeide voeten en rug zou doordringen. De dag was tot nu toe vergleden in het maken van een nieuwe pot voor de granen die ze later dit jaar zou oogsten. Ze was trots op de patronen die ze had bedacht. Nu ze kon bewijzen dat zij hem had gemaakt, kon ze hem gerust laten bakken in de grote oven die op dit moment bij het dorp werd aangelegd. Haar bijdrage, wat hooi en de scherven van een oude pot, lag al klaar om haar gevoel van nutteloosheid een beetje te sussen.

Het was tijd om naar Baroems hut te gaan. Ze had het lang genoeg uitgesteld en ze was de verkoudheid flink zat. Ze had zelfs een stuk van de pot opnieuw moeten boetseren door een hoestbui die haar overviel.

Haar gedachten gleden naar de vroege ochtend, de woorden van Baroem spookten nog rond in haar hoofd. Was het misschien waar wat hij steeds zei? Dat ze Ben zo graag wilde voelen, dat ze zich inbeeldde dat hij het was?

In een opwelling zocht ze het beeldje op dat Ben voor haar had gemaakt toen ze net verbonden waren. Sinds het begin van de zwangerschap had ze het niet meer gedragen, maar het leek nu gepast, nodig zelfs. Het beeldje rustte op de bovenkant van haar buik, op zijn plaats gehouden door haar borsten. Het kind leek het aan te willen raken. Ze besefte dat een deel van Ben altijd bij haar zou zijn. Die gedachte gaf haar troost. Als ze vannacht weer zo slecht zou slapen, hoefde ze de Heuvel niet te bezoeken. Een hand op haar buik bracht haar al dichter bij hem.

Een nieuwe hoestbui teisterde haar lichaam. Het was tijd om te gaan.

De Hut van Baroem leek een door hemzelf vervaardigd heiligdom, waar ieder splintertje hout betekenis had en elk klompje leem behangen was met talismannen, kruiden of dierenbotten. De lucht was zwanger van geuren, ze werd er misselijk van. Binnen in de Hut was het donker. Het vuur dat normaal gesproken vrij in het midden van een hut brandde, was aan alle kanten ingedekt met zwartgeblakerde stenen. Baroem stond met zijn rug naar haar toe in een grote pot te roeren.

'Welkom, Megh,' zei hij, zonder zich om te draaien.

Het feit dat hij meteen wist dat zij het was, stelde haar op een vreemde manier gerust.

'Ik heb een drank voor je bereid, ik had je eerder verwacht,' zei hij, nog altijd zonder zich naar haar te keren.

'Ik moest nog dingen afmaken,' mompelde Megh.

Baroem ging onverstoorbaar door met zijn pot en lepel. Zijn staf stond tegen de muur, de kleine schedel leek Megh recht aan te kijken. Op de tafel lag een bos verse kamille en wat brandnetel. Twee dode kraaien bungelden aan een balk, boven een bak gedroogde paddenstoelen van verschillende soorten.

'Ik bespeur meer rust in je. Het is goed dat je Ben loslaat.' Nu pas draaide Baroem zich om. Het vuur achter hem wierp een rode aureool om zijn lichaam. 'Je bent niet de enige die de doden niet kan loslaten. Velen komen naar de Heuvel om hun geliefden te bezoeken en velen vinden troost in de aanwezigheid van de restanten aldaar. Ik begrijp dat je hunkert naar zijn aanwezigheid, maar die is reeds vervlogen.'

Vervlogen? Ze voelde de tinteling in haar hals, waar Ben haar die ochtend had beroerd. Ook de streling van haar moeder was er, zo werkelijk als de vloer waar ze op stond. Dit verbeeldde ze zich niet. Waarom suggereerde hij dan dat er niets te voelen was?

'Ik merk dat je me niet gelooft, maar je moet.'

'Maar...'

'Ja, Megh?'

'Ik...'

'Je wilt het zo graag. Dat snap ik. Je moet echter naar de toekomst kijken. Hier, dit is de kamille die ik voor je heb gemaakt.'

'Is het alleen kamille?'

'Kamille is voldoende.'

Megh dronk al dagen niets anders dan kamille-extract, zelfs met brandnetel erbij om de zuiverende kracht van de bloem te ondersteunen. Als dit alles was wat Baroem te bieden had, zou ze er niet beter van worden. Het voelde als een zoethoudertje.

Het was echter niet haar plaats er iets van te zeggen. Baroem was de priester. Ze nam de beker voorzichtig van hem aan en onderging gelaten zijn aanraking, die langer duurde dan nodig was.

'Dit zal je genezen,' zei hij. Hij richtte zich nu direct tot haar, ze had het gevoel dat hij dwars door haar heen keek met zijn doodse ogen. 'Ik heb het met Esbeth over jouw toestand gehad. Je kunt enkele maanstanden bij hen wonen rond de tijd van de geboorte. Kom, drink.'

Zijn neerbuigende toon werkte haar op de zenuwen. 'Is het werkelijk alleen kamille? Ik bedoel, dat heb ik al geprobeerd.'

'Er zit tevens brandnetel bij.'

'Dat is precies wat ik ook heb gedaan.'

'Wat bedoel je?' Baroem kwam dichterbij. Hij stak minstens een hoofd boven Megh uit. Ze kon zijn warmte voelen.

Ze boog snel haar hoofd. 'Niets, het spijt me. Moe.' Ze zette de beker aan haar lippen. De geur van kamille was sterk, al was de smaak er niet echt naar.

'Megh,' sprak Baroem zacht en diep. 'Ik begrijp dat je ten einde raad bent.' Hij sloeg zijn armen om haar heen en trok haar stevig tegen zich aan. Met moeite hield ze de beker rechtop. 'Ik ben er voor je. Ik wil dat je dat weet.'

Zijn aanraking sloeg alle herinnering aan Bens liefkozing aan de kant, verdrong de streling van haar moeder, van alle Voorouders die ze gevoeld had bij de Heuvel. Alleen hij was er, zijn aanwezigheid zwaar drukkend op haar lijf. Voor de tweede keer die dag was ze dankbaar voor een hoestbui, die losbarstte als een zomerstorm. Hij liet haar los en volstond met wrijven over haar rug.

'Drink de drank op,' zei hij. 'De Voorouders zullen je zegenen.' Hij bleef over haar rug wrijven tot ze de beker helemaal leeg had, op het laatst met niet veel meer dan zijn duim, die teder langs haar ribben streek. Hij nam de beker van haar over en zette hem weg.

'Sluit je ogen.'

Ze zag dat hij zijn staf pakte. Een zeer onaangenaam gevoel maakte zich van haar meester, maar ze mocht niet aan een priester twijfelen. Toch volgde ze ieder geluid, klaar om weg te springen als ze dat nodig achtte. Vaak voelde ze zijn warmte dichtbij, soms had ze het gevoel dat de schedel haar dicht naderde. Haar handen legde ze beschermend om haar buik. Ineens voelde ze zijn handen weer op haar rug. Ze streelden haar, zochten een weg naar beneden, naar haar billen, naar haar buik. Zijn adem streelde langs haar oor. Ze werd misselijk. Had hij toch nog iets anders in de drank gestopt?

'Je bent niet alleen,' fluisterde hij. Zijn stem klonk akelig bedwelmend. Ze moest nu iets doen, anders was ze verloren.

'Dank, waarde Baroem,' zei ze snel. Ze maakte zich los.

Hij greep haar pols. 'Ik meen het. Je bent niet alleen.'

Megh knikte. 'Ja, Baroem. Ik weet het. Dank, nogmaals.'

Haar wangen gloeiden en toch voelde ze zich koud, tot op het bot. De zon kon haar niet verwarmen. Snel liep ze naar huis, haar vingers om Bens beeldje heen geklemd.

*

'Het weer valt toch nog mee,' zei Peter.

Catharina knikte. De zon scheen inmiddels ietwat waterig tussen de wolken door en op een grote plas op de parkeerplaats na waren de meeste sporen van de regenbuien van die ochtend opgedroogd. Fris was het nog wel.

'Vind je het nog steeds burgerlijk om naar een hunebed te gaan?' vroeg hij.

'Nee, het is wel goed. Je had gelijk, als ik de hele tijd op die bank was blijven zitten met een boek, dan hadden we net zo goed thuis kunnen blijven.'

Peter gaf haar een kus. Catharina voelde er een 'ik zei het toch' in, maar liet dat weer gaan. Het was de bedoeling dat ze zouden bijkomen, dat ze lekker zouden ontspannen zonder voortdurend te denken aan alles wat nog moest, wat nog niet klaar was of niet lukte. Het was goed zo. Ontspannen.

'Het hunebed staat daar in de bosjes,' zei Peter. 'Wil je daar eerst heen? Of eerst naar het museum.'

'Het maakt me niet uit, schat.'

'Kies maar.'

'Het museum?'

'Prima, doen we dat.'

Peter pakte haar hand. Hij voelde warm aan, een beetje klam. Onwillekeurig zette Catharina de pas er wat steviger in.

De overgang van buiten naar binnen was vrij heftig, het was warm in het museum. De verwarmingen waren voor het eerst in lange tijd weer aan op deze koude herfstdag, ze rook het aan de vage geur van verhit stof. Niet prettig.

'Wil je een boekje?' vroeg Peter.

'Nee, dank je. Er staan bordjes bij, toch?'

'Jazeker, mevrouw,' zei het meisje achter de kassa. Haar accent was precies wat Catharina had verwacht; ze glimlachte.

'Twee kaartjes dus,' zei Peter. Hij haalde zijn pinpas door de gleuf.

'Oh, het spijt me, u moet hem erin steken aan de bovenkant. Het nieuwe pinnen,' zei het meisje.

Ergens klonk het geluid van een film. Boven een deur zag Catharina een bordje met 'Auditorium'. De komst van de keien over de gletsjers was blijkbaar dramatisch weergegeven, ze voelde de diepe bas in haar buik. Ze hoopte dat de misselijkheid er niet door zou verergeren.

Peter kwam naast haar staan.

'Eerst een filmpje doen?' vroeg ze. De film zou over een kleine tien minuten opnieuw beginnen, dat gaf haar lichaam de tijd om iets tot rust te komen.

'Prima. Mag mijn portemonnee in jouw tas?'

'Natuurlijk.'

Peter rommelde in haar handtas en keek om zich heen. 'Het duurt nog wel even voor die film begint, zullen we vast een rondje doen in het museum? Anders staan we hier ook maar wat te staan.'

Catharina hield haar adem een moment vast en volgde haar man daarna naar binnen.

'Best ruim opgezet hier,' zei hij.

'Ja.'

Ze liep langs een maquette van hoe het er vroeger uit moest hebben gezien en er stonden levensgrote poppen, die een steentijdfamilie moesten voorstellen. Catharina liet haar blik rondgaan, ze voelde geen rust om goed te kijken wat ze precies zag. Peter stond voorovergebogen de informatie te lezen.

'Joh, de hunebedden zijn ouder dan die stenen in Engeland,' zei hij. 'Dat had ik nooit verwacht.'

'Nee, ik ook niet,' zei Catharina. 'Ik lees de bordjes straks wel, ik wil eerst die film zien. Even zitten ook.'

'Gaat het wel?'

'Ja hoor.' Catharina probeerde haar toon licht te houden, maar Peter doorzag haar al.

'Kom, we gaan vast naar die film,' zei hij.

'Als jij nog even wilt rondkijken, dan kan dat wel. Ik bedoel, we hebben nog een paar minuten.'

'Nee, we gaan gewoon zitten.'

Peter pakte haar resoluut bij haar hand, hun vingers vlochten zich ondanks alles vertrouwd in elkaar en ze liepen naar het auditorium. De deur stond open, het tapijt dempte hun voetstappen zodat niemand gestoord zou worden door hun binnenkomst. Het was er echter uitgestorven.

Ook hier hing de geur van net aangezette verwarmingen. Catharina haalde met moeite adem, ze had het gevoel dat haar ribben niet wilden uitzetten voor deze lucht.

Ze namen plaats op de eerste rij terwijl de laatste beelden van de film voorbij gleden. Nu ze zaten, kon Catharina zich concentreren op de oefeningen van de fysiotherapeut. De benauwdheid wilde echter niet wijken. Met een ongeduldig gebaar zette ze haar handtas op schoot. Wat zat dat ding toch vol. Allerlei voorwerpen gleden door haar vingers, maar niet het koele, gladde plastic van de inhalator. Het zoeken werd gejaagder. Ze zou hem toch niet in het vakantiehuisje hebben laten liggen? Verdomme, waarom had Peter nou ook nog zijn portemonnee erbij gegooid. Zo kon ze toch nooit iets vinden?

Peter keek haar bezorgd aan en ze wilde dat ze die uitdrukking van zijn gezicht kon vegen.

'Wat is er? Ben je je puf vergeten?'

'Nee, weet ik niet. Laat me nou even zoeken.'

Ze haalde de tas leeg. Zijn portemonnee, de hare, deodorant, autopapieren... De puf zag ze niet. Het leek of haar keel langzaam werd dichtgeknepen, iets wat ze al vaak had meegemaakt. Met een enkele puf zou het binnen tien minuten voorbij zijn, maar als ze het ding niet bij zich had... Flesje water, camera, foldertjes van een museum, telefoon, autolader van de telefoon, ze trok van alles uit de tas.

'Goddank,' zuchtte ze toen haar vingers zich om de puf sloten. 'Ik, eh...'

'Ja, is goed, schat. Ik let wel op je tas.'

Zo snel ze kon zonder al te veel op te vallen, liep Catharina naar het halletje, waar het wat koeler was. Ze verborg de inhalator zo goed en zo kwaad als het ging achter het flesje water, dat ongeveer dezelfde blauwe kleur had. De koelere lucht prikkelde zacht in haar longen. Ze zette de puf aan haar mond en nam een flinke teug. De nasmaak van de medicijnen spoelde ze weg met een paar slokjes water. Er was niemand te zien. Met een laatste diepe haal van verse lucht begaf ze zich weer naar binnen.

Peters aandacht was volledig op haar gericht toen ze het auditorium binnenkwam, zijn ogen een en al bezorgdheid.

'Gaat het met je? Moet je niet langer buiten blijven?'

'Het gaat wel,' zei Catharina kortaf.

'Weet je het zeker? Ik bedoel, we kunnen ook...'

'Het gaat! Kom op, de film is begonnen.'

'Anders gaan we toch als eerste naar het hunebed, dan doen we het museum daarna wel.'

'Ik zeg toch, het gaat best!' Catharina draaide haar hoofd demonstratief naar het scherm, waarop beelden van ijs en stenen voorbij trokken.

'Oké,' zuchtte Peter. Hij keerde zich ook naar de film.

'Het spijt me,' zei Catharina. 'Ik ben gewoon moe, snap je? Het is gewoon...'

'Ja,' zei Peter. 'Het is goed. Laat maar verder.'

Werktuiglijk stopte ze de laatste spullen, die Peter nog niet had opgeborgen, weer in haar tas. Zijn portemonnee en de puf legde ze bovenop. Op het scherm werd uitgelegd hoe de hunebedden waarschijnlijk waren gebouwd. Ze zuchtte en probeerde haar irritaties los te laten. Ze waren hier om te ontspannen.

De duisternis heerste als altijd over de nacht. Zelfs het haardvuur was gedoofd, al gloeiden de kooltjes nog na in ontkenning. Megh staarde ernaar, zonder echt iets te zien. Het was koud in de hut. Ze had de wollen dekens opgetrokken tot over haar kin, maar tegelijkertijd voelde ze haar lichaam gloeien. De gedachte dat ze misschien meer had dan slechts een verkoudheid kwam op en verdween meteen weer in een draaikolk van andere gedachten, over Ben, hun kind, Baroem, haar voorraad kamille, of ze genoeg water had voor de komende dagen en of ze nog een keer naar de Heuvel zou gaan. Ze legde haar handen op haar buik. Het kind draaide zich om, naar de warmte toe.

Ze zuchtte en meteen schoot er een stekende pijn door haar borst. Snakkend naar adem kwam ze overeind en drukte haar handen op de pijn om hem te bedwingen, maar de pijn bleef. Doordat ze zo abrupt was gaan zitten, kwam ook de hoest weer op. Iedere ademhaling was een worsteling met het gekuch, dat inmiddels bijna klonk als het blaffen van een oude hond.

Het duurde lang voordat het hoesten weer bedaarde, ze voelde zich uitgeput. Ademen deed pijn en alle spieren in haar buik en rug voelden beurs aan. In het duister van de hut kon ze de vlekken op haar handen zien en de scherpe smaak van rode aarde in haar mond maakte haar bang.

Haar hart klopte in haar keel bij het opstaan. De koordjes van haar schoeisel kon ze slechts met moeite aan elkaar knopen, haar buik zat inmiddels in de weg en haar vingers waren stijf van de kou. Maar ze moest. Gierend haalde ze adem, de pijn op haar borst bleef aanhouden. Ze moest naar de Heuvel, alleen daar kon ze de hulp vinden die ze zocht. De angst voor Baroem kon niet op tegen de angst voor haar kind. Als er iets met haar gebeurde, was er niemand. En een zwak zwijn... Nee, dat zou ze niet laten gebeuren.

De halve maan ging schuil achter een dik wolkenpak. Het bos lag donker en dreigend om haar pad heen. Megh had het gevoel dat duizenden ogen naar haar keken, ogen van de levenden en de ongeborgen doden, aangetrokken door het kleine vlammetje van haar olielamp, dat ze voor geen goud durfde te doven. Het was of de grens tussen tijden was vervaagd, alsof ze niet langer in het nu aanwezig was, maar ook door verleden en toekomst liep. Een uil kraste in de verte, in het struikgewas ritselde iets. Bomen ruisten in de wind. De ogen bleven kijken, kwamen dichterbij en verdwenen om plaats te maken voor nieuwe. Het bereiken van de veiligheid van de greppel rond de Heuvel leek van groter belang dan ooit. Ze rende het laatste stukje ondanks de steken in haar borst en de hoest die onvermijdelijk zou volgen. Het gevoel dat wolven haar op de hielen zaten, joeg haar voort.

Binnen de greppel viel ze op de grond. Hoestend en zwetend kronkelde ze in de aarde, die zich aan haar natte gezicht en handen hechtte als tussen de haren van een zwijn. De pijn verminderde niet, ze voelde het vocht in haar longen en ze klemde haar handen om haar buik. Ze moest haar lichaam weer onder controle krijgen, het leven van haar kind hing ervan af. Onzichtbare handen streelden haar, stelden haar gerust. De stem van haar moeder was bijna hoorbaar in het gemurmel, dat er immer was bij de Heuvel. Ze voelde de stevige armen van Ben om zich heen, de hand van haar vader op haar voorhoofd. Eindelijk trok de pijn weg en kon ze weer rustig en diep ademhalen. Ze was thuis.

Haar olielamp was gedoofd tijdens haar val, ze kon hem net zien in het licht van de olielampjes bij de ingang van de Heuvel. Ze reikte ernaar, maar kon er niet bij. Een onzichtbare kracht legde het lampje in haar hand en streelde teder haar huid. Tranen sprongen in Meghs ogen. Haar contact met de Voorouders was echt, ze had zich geen illusies gemaakt.

Ze forceerde zichzelf overeind en stak haar lampje aan met een van de lampjes van Baroem. De stenen bij de ingang leken haar uit te nodigen om ze aan te raken. De murmelingen in de verte moedigden haar aan. Een moment lang voelde ze dat zij in directe verbinding stond met het land, met de magie van de stenen, met alles wat haar wereld vormde. Het kind roerde zich, de hoest kwam alweer op. Haar stem was niet meer dan een fluistering.

'Genees mij.'

Ze strekte haar vingers uit naar de stenen, tegen alle tradities en regels in. Het geroezemoes van de Voorouders duwde haar voort, zweepte haar op. Nogmaals bad ze de Voorouders om genezing.

De steen was koel en ruw onder haar vingers. Een schok van energie schoot van haar kruin naar haar staartbeen, van haar borst naar haar tenen en van daar de grond in.

De Voorouders konden haar niet genezen. Ze voelde het helder, als de steen tegen haar vingers en de aarde onder haar voeten. Teleurstelling vocht zich een weg naar buiten, ze wilde ineen zakken op de grond. Toch was er meer. De Voorouders leidden haar naar een andere weg, een weg die diep in haar geest begraven lag. Ze zag er een flits van, als een schicht in haar ziel.

'Megh!'

Baroem doofde ieder licht. Megh hoestte en wankelde, ze viel zonder het te willen in Baroems armen.

'Je bent warm als de vlammen,' zei Baroem.

Megh was zich amper bewust van zijn aanwezigheid. Ze voelde dat ze ergens tegen wilde vechten, maar kon zich niet voor de geest halen waartegen, of tegen wie. Baroem leidde haar mee naar zijn Hut, waar hij haar in zijn eigen bed legde met dikke huiden over haar heen. Terwijl hij gedroogde kamille uit een kruik pakte en in een pot kokend water strooide, realiseerde Megh zich langzaam waar ze was, dat de rode aureool van het vuur weer om hem heen zengde en bovenal dat ze bang was. De energie om de huiden van zich af te gooien ontbrak haar echter. Ze kreeg geen geluid over haar lippen en hoorde vrijwel alleen het rochelen van haar eigen paniekerige adem.

'Wat deed je bij de Heuvel op dit tijdstip van de nacht?'

Megh zag dat hij dezelfde kleding als altijd droeg. Zou deze man nooit slapen? Had hij op haar gewacht?

'Ik heb je toch verteld dat je je troost niet langer moet zoeken bij de Heuvel.'

De kinderschedel op zijn staf keek haar weer doordringend aan. Megh had het gevoel dat ze niet kon ademen.

'Lieve, lieve Megh.' Baroem kwam naast haar zitten en legde zijn hand op haar been. Megh was dankbaar dat de huiden voor een afstand zorgden, ze voelde zijn energie nu al sterker dan haar lief was.

'Je maakt jezelf alleen maar zieker zo. De kamille is bijna ingetrokken, dan zal ik je een beker geven.' Hij keek haar aan. De zwarte vlekken rond zijn ogen leken een beetje verlopen. Het maakte hem menselijker, maar ook minder werkelijk.

Ze was misselijk en duizelig.

'Ik heb het je te lang toegestaan,' zei Baroem bijna vaderlijk. Hij sloeg zijn armen om haar heen en wiegde haar zacht heen en weer. 'Ik had je na het heengaan van je ouders niet steeds naar de Heuvel moeten laten gaan. Ik heb je niet verteld dat het contact met de Voorouders zo strikt voorbehouden is aan mijn broederschap, dat mensen zoals jij, de normale mensen, geen contact kunnen krijgen zoals wij dat kunnen. Het spijt me, lieve Megh.' Hij drukte een kus op haar haren.

Megh wilde schreeuwen dat hij nergens iets van wist, dat hij dom en kortzichtig was. Ze wilde wegrennen, ze wilde de Voorouders vragen wat ze moest doen. Ze kon niets.

'Maar Megh, ik heb gezien dat je de steen hebt aangeraakt. Ik begrijp waarom je dat hebt gedaan, maar het is fout. Dat weet jij net zo goed als ik. Ik snap je eenzaamheid, Megh. Ik begrijp dat je iemand nodig hebt die voor je zorgt, die van je houdt. Laat mij die rol vervullen.' Hij pakte haar hand, haar nog altijd verkleumde vingers, en kuste ze, warmde ze op tegen zijn wang, tegen zijn borst. 'Ik kan het kanaal zijn tussen jou en je geliefden, Megh. Ik kan zelfs hun plaats innemen.'

De misselijkheid had Meghs lichaam nu volledig in zijn macht. Ze voelde haar hart kloppen in haar hele lichaam. Haar hand werd omlaag geleid, langs de korte stugge haren op zijn borst, de blankere huid van zijn buik, naar het volgende veld van stugge haren. Warme huid wachtte haar daarin op, zijn verlangen kon ze niet missen.

'Nee...' Ze was hees, haar stem gebroken; ze kon bijna geen geluid voortbrengen, maar ze probeerde het uit alle macht. 'Nee.'

Ze probeerde diep adem te halen, probeerde kracht te vinden. Hij kuste haar verwerpingen weg, duwde zijn onderlichaam tegen haar aan. Hij groeide nog steeds onder haar vingers, zijn adem streek langs haar lippen. Ze voelde zijn handen op haar lichaam, naar haar borsten en naar haar buik. Het kind bewoog zich onrustig. De schedel op de staf stond ineens helder in haar geest.

'Nee!' Ergens vond ze de kracht om hem weg te duwen. Ze zat verstrikt in de huiden, vocht om ze van zich af te gooien. Ze hoestte, de pijn was in volle hevigheid terug. Ze zag bloedvlekken op de huiden, zonder dat de betekenis ervan echt tot haar doordrong. Ze moest weg. Baroem probeerde haar te grijpen. Op dat moment bevrijdde ze zich van de huiden en glipte bij hem vandaan. Hij bleef achter met de huiden in zijn armen en zij rende naar buiten. Ze struikelde meerdere malen, haalde haar knieën en handen open, maar bleef lopen. Ze rende zelfs haar hut voorbij, bang dat hij haar daar zou komen halen. De ogen die haar eerder nog achtervolgden, leken haar nu welkom te heten. Diep in het bos, waar ze zeker wist dat hij haar niet zomaar zou vinden, liet ze zich in de hoge varens vallen. Ze maakte zich zo klein mogelijk en liet haar tranen gaan.

*

Het was nog steeds broeierig in het museum, maar Catharina had er weinig last meer van, ondanks de glinstering van stofdeeltjes die zweefden in het zonlicht dat door de grote ramen naar binnen viel. Ze vond de sfeer in de tentoonstellingsruimte prettig.

Blijkbaar had Peter ook besloten dat ze het naar hun zin moesten hebben deze vakantie. Hij wees haar hoffelijk op kleine details als de versieringen op de trechterbekers, stal af en toe een kus wanneer hij dacht dat niemand keek en waarschuwde haar voor de opgezette schapen in het midden van het museum. Catharina ergerde zich nu veel minder aan zijn zorgzaamheid, ze voelde weer waar die vandaan kwam. Ze begon hem op haar beurt op kleine dingen te wijzen die haar opvielen. Even kon ze opgaan in het nu.

In het winkeltje bij het museum was het zo goed als uitgestorven. Peter bekeek een aantal van de fossielen die ze er verkochten. Catharina liet haar vingers door een mand met kleine edelsteentjes glijden. Zou er eentje bij zitten die haar kon helpen? Ze geloofde niet echt in dat New Age gedoe, maar op dit moment was ze bereid om alles te proberen.

De winkel had een uitgebreide collectie boeken, waarvan er veel over de megalithische bouwwerken van de wereld gingen. Ze las een aantal titels die iets over vorige levens in zich hadden en er stond een stel boeken over aura's lezen en leylijnen. Pas aan het einde van het rijtje stonden de boeken over de werking van edelstenen. Ze pakte er een en bladerde meteen naar de index. Zwangerschap had twee referenties, ze las de aangegeven teksten vluchtig door. Rode stenen zouden bevorderlijk zijn, evenals een steen genaamd bloedsteen, die groen was met rode vlekken. Ze waren in ieder geval een beetje consistent in de kleur.

Catharina zette het boek terug en liep weer naar de mand met steentjes. Een handjevol kostte bijna niets.

'Ga je stenen kopen?' vroeg Peter. Hij kwam naast haar staan en pakte een steentje op.

'Ach, ik weet het niet,' zei Catharina. 'We moeten toch wat.'

Peter gooide het steentje weer in de mand. 'Dan kun je beter kijken of ze hier van die vruchtbaarheidsbeeldjes verkopen.'

Catharina grinnikte. 'Geloof je daarin dan?'

'Lijkt me net zo waarschijnlijk als dat New Age gedoe.'

Catharina lachte. 'Niet dus. Ik denk trouwens niet dat ze die dingen hier verkopen.'

'Ik klei er vanmiddag wel eentje voor je,' grinnikte Peter. 'Wil je iets hebben?'

Catharina pakte een rood steentje op en legde het weer terug. Ze had al genoeg vergeefs gehoopt. 'Laten we dat hunebed nu eindelijk maar eens echt gaan bekijken. En daarna een terrasje doen?'

Peter pakte haar hand en Catharina zette zich vast schrap voor de koude lucht.

Eigenlijk was het niet meer dan een stapel grijze stenen. Goed, ze waren dan duizenden jaren geleden bijeen gebracht, op een zeer specifieke manier, maar toch. Catharina kon niet goed verklaren waarom ze zo gefascineerd was door het hunebed, waarom ze het gevoel had dat die stenen veel meer zeiden dan haar ogen haar ooit konden vertellen. Het was goed om hier te zijn.

Terwijl Peter verschillende invalshoeken onderzocht om een mooi plaatje te schieten met zo weinig mogelijk ravottende kinderen in beeld, stond Catharina verstild te kijken. Ze voelde zich als in een grote kathedraal, waar mensen eerbiedig kaarsjes brandden voor een ander, zich verbonden met een Grotere Macht en hun ziel blootlegden in gebeden. Diezelfde eerbied moesten de mensen duizenden jaren geleden hebben gehad voor dit monument. De stenen leken met dat besef tot leven te komen, doordrenkt met een energie die niet van deze aarde leek. Ze riepen haar, smeekten haar om hen aan te raken, om te ervaren wat zij te bieden hadden. De spelende kinderen vervaagden naar de achtergrond. Een zacht murmelen streelde haar oren. Catharina stak haar hand uit en kwam langzaam dichterbij. De uitstraling van de stenen was verrassend warm.

Nog enkele centimeters, dan zou ze de steen aanraken, strelen als een lang verloren geliefde. Een moment verwonderde ze zich over die vreemde gedachten, maar de roep van de stenen nam haar weer over. Het murmelen werd luider. Ze had het gevoel dat de stenen bedekt hoorden te zijn met aarde en gras. Een kruidige geur bracht haar terug naar een tijd van diep ontzag. Ze zag olielampjes branden, een flits van een schedel en duistere ogen die haar leken te doorzien als was ze een open boek.

Een miniem stukje nog. Ze zou dit niet moeten doen. Aanraken van de stenen was voorbehouden aan de priesters. Het murmelen werd sterker. Een zachte hand streek langs haar wang. Ze was bijna thuis.

'Schat, kom kijken! Er staat water in een poel en de zon weerkaatst er prachtig in.' Catharina had enkele hartslagen nodig om te beseffen waar ze was, wie ze was. Ook Peter leek een moment lang een vreemde.

'Kijk, ik heb het al vastgelegd.' Trots toonde Peter haar de foto.

'Mooi,' zei ze. De drang om de stenen aan te raken was verdwenen, zelfs de herinnering vervloog als rook in een storm. 'Die reflectie is echt bijzonder.'

'Ja, dat was meer geluk dan wijsheid. Ik wil ook een foto met jou erbij.'

'Schat, je weet dat ik niet van poseren hou.'

'Ja, maar anders hebben we nooit eens foto's van elkaar. Je weet wel, voor later.'

'Goed dan.'

'Als je nou zo gaat staan dat het lijkt alsof je naar het hunebed kijkt, dan kan ik je... Ja, zo ja.'

*

Megh liep traag naar de beek om haar kruik te vullen. Haar voeten waren gezwollen en de hoest bleef maar aanhouden. Ze voelde zich bibberig. De hele nacht had ze gewoeld, badend in het zweet, in vruchteloze pogingen pijnloos te liggen. De angst dat Baroem meer zou proberen, was nog even groot als in die eerste nacht. Continu was ze zich bewust van de dikke tak naast haar bed, die ze had meegenomen uit het bos om hem van zich af te kunnen slaan mocht dat nodig zijn. Ze wist dat ze binnenkort niet langer de kracht zou hebben om hem goed te raken; de zwangerschap en haar ziekte putten haar uit. Gewonnen gaf ze zich niet.

Er stond een vrouw bij de beek. Nog voor Megh haar herkende, spuugde de vrouw op de grond en maakte zich uit de voeten. Het deed Megh al bijna niets meer. Iedereen meed haar, bang om besmet te raken met de ziekte die ze met zich mee droeg. Baroem had ze opgestookt, dat wist ze zeker. Hij had handig gebruik gemaakt van haar ziekte. Bovendien was ze ook uitschot, een extra mond te voeden zonder dat de handen genoeg teruggaven. Ze wist het allemaal te verklaren. Toch deed het pijn. Ze wilde het zwakke zwijn niet zijn.

De vrouw was uit het zicht verdwenen. Het was Esbeth, de vrouw die tot een paar maanstanden geleden nog voor Megh had willen zorgen. Ze zuchtte. Misschien was het wel beter als ze binnenkort werd bijgezet.

Nee, zo mocht ze niet denken. Ze leefde nog, Bens kind zou een moeder hebben en hun liefde in hem een toekomst. Ze moest naar de Voorouders, ze moest doen wat zij vroegen. Maar Baroem was bij de Heuvel. Hij zou haar niets toestaan, tenzij ze hém dingen toestond.

Log bukte Megh zich om de kruik met vers water te vullen. Het hoesten werd scherper. Ze veegde haar mond af en waste het bloed van haar handen.

Een ruisen in het gras, iemand kwam naar haar toe. Ze wist wie het was en rechtte haar rug. Hij zou niet weten hoe slecht ze er aan toe was. Hopelijk vielen de donkere kringen onder haar ogen minder op in de zon.

Baroem zei niets. Hij stond bij de beek, ze voelde zijn blik op haar gericht. Ze keek hem uitdagend aan, van buiten sterker dan van binnen maar vastbesloten hem niet te laten winnen.

'Je zult je overgeven, Megh,' zeiden zijn ogen. 'Je kunt nergens anders heen. Ik zal je altijd weten te vinden, ongeacht plaats en tijd. Je kunt niet vluchten. Je bent van mij.'

Met een minzaam glimlachje draaide hij zich om en vertrok. Een flits van weten, zoals in die nacht dat ze de stenen aanraakte, doorkliefde haar bewustzijn. Ze kon de gang naar de Heuvel niet langer uitstellen.

*

'Je bent zo mooi.' Peter zat op de bank van het vakantiehuisje zijn foto's te bekijken. Catharina kwam naast hem zitten.

'Kijk nou. Hoe je kijkt.'

Catharina haalde haar schouders op en lachte wat. Peter sloeg zijn arm om haar heen en gaf haar een kus.

'Ik hou van je,' zei hij.

'Ik ook van jou.'

Hij kuste haar nogmaals, dit keer op haar lippen. Zijn omhelzing werd intenser, Catharina kuste hem terug en sloeg ook haar armen om hem heen. Zwaar leunde ze tegen hem aan, zijn sterke rug een rots in de branding. Zijn handen zochten zich een weg naar haar rug, naar haar billen, onder haar trui door naar haar blote huid.

Een huivering trok langs Catharina's ruggengraat. Ze besefte dat zijn kus niet de uitwerking had die hij wilde, die zij ook zou willen. Hij opende met een enkel gebaar de sluiting van haar bh. Moest ze hem gewoon laten begaan?

Zijn vingers gleden verder, streelden haar rug, haar zij, de zijkant van haar borsten. Ze wist maar al te goed wat hij wilde. Het beangstigde haar dat ze bijna kon voorspellen wat zijn volgende zet was, dat hij weldra haar tepels tussen zijn vingers zou nemen en er zacht in zou knijpen. Ze wist ook dat ze er niet opgewonden van zou raken. Het zou toch niet lukken. Het was hopeloos.

Hij schoof haar trui omhoog, kuste haar buik en liet zijn tong plagend langs haar navel gaan. Zijn handen verkenden haar borst en hij kneep inderdaad zacht in haar tepels.

'Peter...'

'Hm?' Hij kneep nog iets harder.

'Nee, schat. Alsjeblieft.'

Hij kwam overeind. 'Deed ik je pijn?' Zijn gezicht betrok bij het zien van haar blik. Meteen stond hij op van de bank en liep naar het keukentje.

'Het spijt me.'

Peter zweeg. Hij rommelde in een van de laatjes. Catharina ging staan, bijna ongemerkt sloot ze haar bh. Ze voelde tranen, maar liet ze niet toe. Gedachten vlogen voorbij, alle focus lag op hem. Zonder haar aan te kijken liep hij langs haar. Catharina wilde alles, wilde hem zeggen dat het haar speet, zeggen dat ze het nog een keer wilde proberen, dat hij misschien... Als ze het nog een keer...

Peter haalde iets uit zijn jaszak.

'Ik ga even lopen,' zei hij kortaf.

Catharina liet hem gaan. Ze kon niets doen. Ze sloeg haar armen om haar buik. Die vervloekte buik, waarin maar niets wilde gebeuren. Doelloos liep ze naar het raam. Ze zag hem staan, onder een lantarenpaal. Een rood puntje gloeide vlak bij zijn mond.

'Godver,' zei ze zacht. De tranen kwamen nu wel. En ze kon het hem niet verwijten. Ineens was de sfeer in de kamer beklemmend, alsof alle zuurstof verdwenen was. Het werd warm. Ze moest naar buiten. Haar vingers tintelden, haar wangen gloeiden. Hortend en stotend dwong ze lucht in haar longen, terwijl ze er niet eens aan dacht haar jas te pakken, of de sleutel van het huisje.

De buitenlucht was als een frisse douche, al bleef het zuurstofgehalte lager dan haar lief was. Ze zag de rookwolk boven Peters hoofd, een lichtende waas in het schijnsel van de lantaarn. Ze moest de andere kant op. Dwars door de bosjes rond het huisje, door de aangrenzende tuin. Het maakte niet uit. Het was alsof ze haar weg instinctief vond. Duister deerde haar niet, het ontbreken van een pad evenmin. Ze wilde koel worden, ze wilde uit de beklemming, ze wilde... Ze wilde naar de stenen.

Het was niet ver. In de verte zag ze het hunebed al liggen. De stenen riepen haar weer, gonzend als een menigte van dierbaren, die haar uitnodigden, verwelkomden, nodig hadden.

Het natte gras piepte onder haar stappen. Nog een klein stukje, dan zou ze de verlossende koelte voelen. Nog een klein stukje, dan was het klaar.

*

Pas toen de schemering inzette, durfde Megh de greppel over te steken. Het murmelen van de Voorouders zwol aan tot bijna oorverdovende proporties. Baroem was niet te zien, maar Megh wist zeker dat het een kwestie van tijd was voor ze zijn duistere energie zou voelen. Ze hoopte dat ze dan haar ritueel al had volbracht. Voor de zekerheid legde ze haar tak klaar.

De olielampjes brandden. Megh had elke beweging van Baroem gadegeslagen terwijl hij ze aanstak. De vlammetjes dansten wild, alsof de wind van alle kanten kwam en ze met moeite stand hielden.

Ze had geen kruiden nodig om te doen wat haar te doen stond. De Voorouders zouden haar tonen wat te doen, in hun handen was ze veilig. Na vandaag zou het voorbij zijn. Het beeldje van Ben rustte weer liefdevol tussen haar borsten en stelde het kind gerust. Ze voelde hoe het sliep in haar schoot.

De maan stond vol aan de hemel. Megh zong zacht het lied dat haar door de Voorouders in de mond werd gelegd. Het kwam niet voorbij de contouren van de Heuvel, dit lied was alleen bestemd voor deze bijzondere plaats, waar hemel en aarde elkaar raakten en tijd meerdere gezichten had. De melodie, ouder dan de stenen en jonger dan de wind, bereidde haar voor op de transformatie. Ze zag een gezicht met vriendelijke ogen, waarin onder de oppervlakte veel verdriet te lezen was. Het contact kon elk moment worden gelegd.

De verandering was subtiel en toch duidelijk. Megh wist dat de tijd gekomen was. Haar lied verstomde, verdronk in de stemmen van de Voorouders die de melodie voortzetten. Ze zag haar hand naar de stenen getrokken worden, alsof ze geen eigen wil meer had. De hand van de andere vrouw schoof door haar eigen beeld heen, ze zag de tijden versmelten.

Zijn schaduw was als een zonsverduistering. De nacht werd kil en de vlammen bevroren. Ze was er klaar voor. De stemmen van de Voorouders hielden de magie in stand en ze reikte naar haar tak, maar hij was te snel. Met een enkele beweging gooide hij de tak weg, buiten de greppel. Hij torende boven haar uit en lachte triomfantelijk. De vrouw aan de andere kant van de tijd was dichtbij, haar vingers naderden de steen. Baroem zag het, maar had duidelijk geen idee wat het betekende. Toch hield Megh haar adem in. Als hij nu zijn handen naar de stenen uitstrekte, kon hij alles verpesten, ook voor de vrouw in het dunne leer. De Voorouders zongen nog. Ze zag onzichtbare handen aan zijn geitenvellen plukken, niet in staat hem tegen te houden.

Baroem keek ademloos naar de andere vrouw. Instinctief reikten zijn handen naar de keien. Megh hapte een moment naar adem. Ze zag maar één mogelijkheid. Ze liet zich op haar knieën vallen en greep zijn staf, de staf die ze zo verfoeide. In zijn fascinatie voor de andere vrouw, merkte Baroem het amper en trok Megh moeiteloos de staf uit zijn handen. De kleine schedel raakte hem vol in zijn knieholtes en brak doormidden. Hij wankelde. De afstand tussen hem en de steen werd groter. Een olielampje viel om, de vlam doofde. Ze voelde dat ze haar krachten verspeeld had. De hoest kwam alweer op. Ze mocht niet opgeven. Baroem krabbelde overeind en kwam dichterbij. Ze stikte bijna in het inhouden van de hoest. Nog één keer haalde ze uit.

*

De stemmen in de lucht zongen haar dichter naar de stenen toe. Ze zag de stenen overdekt met gras, ze zag kleine lichtjes en vage gestalten. Het was alsof ze met röntgenogen naar het hunebed keek, door de belichaming heen die bestond in een andere tijd. Ze had die tijd gezien, besefte ze. Ooit, toen het hunebed nog Heuvel heette en een ware functie had in de levens van de mensen hier, had deze ook voor haar betekenis gehad. Ze kreeg er kippenvel van.

Tijd om te beseffen dat ze iets meemaakte wat normaal gesproken in de sluiers van de tijd verborgen bleef, had ze niet. Een jonge vrouw kreeg vorm, evenals een man met een doodskop die haar toegrijnsde. Ze wist dat hij niets goeds betekende. Gevoelens van angst en haat kwamen op toen ze hem zag, woede ook. Toch wilde ze haar beweging niet onderbreken, traag alsof de lucht de consistentie van stroop had. Ze moest doorgaan. De wetenschap dat ze hier haar bestemming vond, overheerste haar gedachten. Ze wist niet eens dat ze zich al die tijd zo doelloos had gevoeld, dat ze al die jaren in een leegte had geleefd. Ineens was alles helder. De enige reden van haar bestaan lag in dit moment.

De doodskop bleef naar haar grijnzen. Ze kende hem. Baroem. Een leven aan herinneringen openbaarde zich in haar geest. Zij was de jonge vrouw die op de grond lag, bleek en fragiel. Ze wist wat er zou gebeuren. Zodra ze in haar huidige zijn de stenen raakte, zou Baroem bloedend op de grond liggen en niet meer overeind komen voor Megh was gevlucht, de kleine Addon nog met zich meedragend in haar schoot. Ze zou een nieuwe stam vinden, een nieuwe liefde zelfs. Het was goed.

Het was niet moeilijk haar taak te aanvaarden. De vreugde stroomde door haar aderen, gevoed door het gezang van de Voorouders die niet aflatend zongen in een taal die nu nergens meer werd gesproken.

De energie van de stenen was overweldigend. Zelfs voordat ze de stenen werkelijk raakte, voelde ze al hoe ze reageerden op haar energieveld. Nog steeds was de lucht dik als stroop, terwijl haar gedachten met de snelheid van het licht door haar hoofd tolden. De Voorouders zongen haar en haar oude ik naar het juiste moment toe. Nog minder dan een centimeter...

Megh reikte ook naar de stenen. Catharina keek haar aan en zag zichzelf, al waren Meghs ogen groen en anders van vorm dan de hare. Ze zag de herkenning in het meisje, zag hoe ze zich realiseerde wie zij zag en herinnerde zich hoe dat in Meghs brein voor een revolutie zorgde.

De tijd nam zijn normale snelheid weer aan. Haar vingers raakten de steen, een stroomstoot schokte haar lichaam op een prettige manier. Ook Megh raakte de steen nu aan.

Baroem lag voor dood op de grond. Catharina voelde geen enkele wroeging. Deze man had meer op zijn geweten. Ze wist ook dat hij hiervoor geboet had, nu en in latere tijden. Hij had geen betekenis meer. Megh worstelde om overeind te komen, Catharina probeerde haar te helpen. De hemel achter haar leek bezaaid met duizenden lichtende strepen, sterren die met de tijd langs de hemel bewogen. Hier kwam alles samen. Catharina zag het museum, tegelijkertijd met en zonder aanbouw, ze zag de middeleeuwse huisjes van hout die er ooit hadden gestaan, de ronde hutten van Meghs tijdgenoten in de verte. Het was bijna te groot om te omvatten en tegelijkertijd was het allemaal precies zoals het moest zijn, precies zoals ze wist dat het was.

Megh haalde piepend adem. Catharina wist wat ze moest voelen, wist dat zij op het punt stond al haar pijn weg te nemen en wat haar daarmee te wachten stond. Het was goed.

Megh sprak. Catharina hoorde dat de klanken anders waren dan alles wat zij ooit had gehoord, en toch verstond ze precies wat de jonge vrouw zei.

'Help me, alsjeblieft.'

Het gezang van de Voorouders klonk als een jubilerend koor.

Catharina pakte Megs handen. De vrouw zakte bijna door haar knieën. Catharina hield haar overeind. Ze keek haar oude zelf recht in de ogen en zag hoe Megh nu ook haar leven deelde. Het steunde haar dat ze op een bepaalde manier niet meer alleen stond in haar verdriet. De Voorouders zongen nu in ingehouden eerbied, klein en zuiver. Megh hoestte, Catharina voelde mee met haar pijn.

'Kom maar,' zei ze zacht. Ze wist dat ze begrepen werd.

Megh sloot haar ogen, ze had niet veel tijd meer. Catharina herinnerde zich dat ze gezond bijkwam, het klopte dat Megh nu het bewustzijn verloor. Ze fluisterde de woorden die de Voorouders haar ingaven, klanken die vertrouwd en onverstaanbaar leken. Als een mist voelde ze Meghs ziekte in haar lichaam trekken, richting haar longen die haar leven lang al voorbereid waren om deze ziekte over te nemen, en ervan te genezen. Tranen van dankbaarheid sprongen in haar ogen, ze redde een leven door simpelweg te leven in haar eigen tijd.

Catharina hoorde Meghs ademhaling versoepelen terwijl ze zelf zwaarder werd. Doodmoe was ze ineens, haar knieën knikten. De hoest kwam op, ze verzette zich. Megh werd te zwaar om overeind te houden, ze legde haar voorzichtig neer in het gras, dat kort en lang tegelijk was. De sterren vormden nog steeds een patroon van strepen. De hoest was niet meer te stoppen, het zweet brak haar uit. Alles leek donkerder te worden. Catharina zakte achteruit, de aanraking van de stenen was nu verkoelend. Het zingen verstomde, Megh vervaagde.

*

Vaag merkte Catharina dat ze in iemands armen lag. Ze rook hem. Peter. Hij hield haar stevig tegen zich aan, terwijl hij met iemand sprak. Ze zag niemand. Het kostte haar een paar seconden om zich te realiseren dat hij aan de telefoon hing. Het woord ambulance viel. Ja, dat was goed.

Hoest teisterde haar lichaam, dreigde haar weer van alle adem te beroven. De liefde in Peters ogen was een bron waaraan ze zich laafde. De warmte van zijn lichaam wilde ze nooit meer missen. Ze

45

wilde haar arm om hem heen slaan, of desnoods alleen haar hand op zijn lichaam leggen. Hem laten weten dat het goed kwam. Slap viel haar hand neer. Ze ontwaarde iets vreemds tussen haar borsten. Met haar vingers teder om het vruchtbaarheidsbeeldje legde ze haar hoofd tegen Peter aan. Nu ze haar ware bestemming had vervuld, kreeg de volgende eindelijk een kans.

Gevallen
engel

Ja, echt waar. Een verhaal met vampiers erin. Subti dat wel. Maar toch. niet eens het enige verhaal dat ik ooit schreef met vampiers.

Oorspronkelijk was dit verhaal bedoeld als uitwerking van de vampiers zoals ik ze zag in *Hotel Silvermaen* (ja, schuldig, ik heb iets met zilveren manen. Maar dit is een musical voor kinderen, niet te verwarren met de roman *Dochter van de Zilv'ren Maan*). Het hotel is van tante Dora, schat van een mens- eh, vampier, die vertelt over haar 'soort'. Dat kwam in de uitvoering niet geheel tot zijn recht, het bleef toch een kindershow, maar ik voelde wel de behoefte om mijn visie meer lucht te geven. *Gevallen engel* zou de ultieme uitwerking geworden van mijn idee, maar het verhaal bleek een eigen leven te leiden en week heel eigenwijs af van mijn oorspronkelijke plan, met grote dank aan Iris Versluis die me een flinke zet in de goede richting gaf. Of ik mijn visie ooit wel ga verwoorden? Nou, een *Twilight* zal het nooit worden, maar de vampier blijft me wel fascineren. Wie weet wat er nog volgt, nu deze engel gevallen is.

Gevallen engel

Marianna? Marianna, waar voor den duivel zit je?'
Door de kalende struiken heen keek Marianna naar haar moeder die nijdig door de tuin banjerde, haar rokken optrekkend om geen bladeren aan de zoom gekleefd te krijgen. Ze was nog slechts een klein poppetje in de verte, maar haar stem bereikte Marianna zonder moeite. Ze tierde nu al meer dan vijf minuten. Het was een kwestie van tijd voordat ze Marianna zou vinden en dan zou het hek helemaal van de dam zijn. Marianna keek op naar het gezicht van de verweerde marmeren engel, die haar met een melancholieke glimlach leek aan te moedigen toch maar te gaan, om erger te voorkomen. De engel had gelijk. Als moeder zou ontdekken dat ze er weer had gelegen... Met een gevoel van spijt kwam Marianna overeind van het dikke, donkergroene gras.

'Dag,' mompelde ze. De engel bleef slechts glimlachen. Marianna sloop een eindje door het kreupelhout, wachtte tot haar moeder dichterbij was en kwam toen tevoorschijn van achter een oude eik.

'Daar ben je dus,' riep haar moeder. 'Ik loop je al een kwartier te zoeken!' Antoinette beende naar haar dochter toe. 'Lui schepsel dat je d'r bent. Je grootmoeder wacht op haar eten en jij loopt weer eens te lanterfanten in de tuin. Je was toch niet weer...'

'Nee, moeder, daar was ik niet,' viel Marianna haar in de rede. 'Ik was gewoon achter in het weiland. Ik hoorde u roepen en ik ben meteen gekomen. Ik heb toch gezegd dat ik niet meer naar het kerkhof zou gaan?'

Antoinette's ogen vernauwden zich.

'Je grootmoeder wacht op haar eten,' zei ze kortaf.

'In de tijd dat u mij liep te zoeken, had u het ook zelf kunnen brengen,' mompelde Marianna.

'Wat?'

'Niks, moeder.' Ze draaide zich om en begaf zich met lange passen naar het landhuis.

'Je zit onder de viezigheid!' schalde haar moeders stem haar achterna. 'Je wast je jurk zelf maar, daar gaan de meisjes hun tijd niet aan verdoen, hoor je me?'

Marianna reageerde niet.

'Grootmoeder?' Marianna stapte de schemerige kamer in. Het rook er muf, naar oude mensen. Haar grootmoeder zat in een grote stoel. Als een slapende koningin op een troon, dacht Marianna. Ze legde haar hand zacht op haar grootmoeders arm. Het oude mensje schrok wakker.

'Grootmoeder, ik heb uw avondeten meegebracht.'

'Oh. Ja, dankjewel, Victoria.'

'Grootmoeder, ik ben Marianna. We hebben het hier gisteren ook al over gehad, en eergisteren, en…' Marianna zuchtte. Het was de laatste tijd steeds vaker hetzelfde liedje. Grootmoeder ging hard achteruit. 'Grootmoeder, tante Victoria is er niet meer, weet u nog? Ze is er al heel lang niet meer.'

'Oh ja…' stamelde grootmoeder. Haar ogen werden vochtig.

'Kom op, niet huilen,' zei Marianna en ze sloeg haar armen om haar grootmoeder heen. 'Het is al een hele tijd geleden. Al vijftien jaar of zo. Zal ik de gordijnen even open doen? Het is hier zo donker. En de hemel is helder, de zonsondergang is vast prachtig.'

Grootmoeder knikte. Marianna, blij dat haar grootmoeder weer wat gekalmeerd was, opende de gordijnen. Het zonlicht sloeg als een zweepslag in haar ogen, ze sloeg geschrokken haar handen voor haar gezicht.

'Gaat het, kindje?'

'Jawel,' zei Marianna. Ze keerde het raam nadrukkelijk de rug toe. 'Eet smakelijk, Grootmoeder.'

'Dank je, Victoria.'

Marianna zuchtte.

Het bestek maakte tinkelende geluiden op het servies. Marianna keek strak naar haar bord. Haar moeder zat tegenover haar, waarschijnlijk keek zij ook niet op. Het diner werd in hoog tempo genuttigd.

'Het wordt tijd dat je gaat nadenken over je toekomst.'

Marianna verslikte zich bijna in haar laatste beetje smakeloze bloemkool en keek verstoord op.

'Je bent zestien jaar, het wordt tijd dat we verder gaan kijken,' zei Antoinette.

'U bedoelt…'

'We moeten een man voor je vinden.'

'En als ik dat niet wil?'

'Jij hebt niets te willen. Het is mijn taak om te zorgen dat je goed terecht komt.'

'Maar moeder…'

'Geen woord meer.'

Marianna keek haar moeder verslagen aan.

'Hoe oud was u dan, toen u trouwde?'

Antoinette rechtte haar rug, haar lippen werden dun.

'Dat zijn jouw zaken niet.'

'Waarom niet? Ik weet niets van vroeger, ik weet niets over mijn vader.'

'l'Écuyer is omgekomen terwijl hij streed voor ons land.'

'Dat is dan ook het enige dat ik weet! Jonkheer Vichenet, kapitein in het leger van onze zeer gewaardeerde empereur, stierf voor onze vrijheid, blablabla. U vertelt mij nooit iets, moeder.'

'Ik…' Antoinette leek even aangedaan en heel even herinnerde Marianna zich de moeder van vroeger, die altijd liefde en hoop leek uit te stralen. Tegenwoordig was haar moeders gezicht alleen nog maar hard, net als nu. 'Ik ben je geen verantwoording schuldig. Het verleden is voorbij.'

'Maar hoe weet ik dan wie ik ben?'

'Zwijg! Je bent een Vichenet. Je zult de familie eer aan doen en onze trotse bloedlijn voortzetten.'

'Ja maar…'

'Geen gemaar. Je hebt te doen wat ik zeg!'

'En ik heb niets te zeggen?'

'Nee! En pas maar op met die grote mond van je. Straks eindig je nog bij baron Villaris!'

De meid, die net was binnengekomen met de wijn, schrok en liet de kan vallen, die in stukken uiteen spatte. Ze sloeg een kruis en bukte zich snel, excuses stamelend. De donkerrode vlek in het tapijt groeide langzaam. Haar handen trilden toen ze de scherven bijeen raapte. Marianna merkte het amper. Ze keek haar moeder woedend aan.

'Villaris kan onmogelijk erger zijn dan u!' riep ze en stormde het vertrek uit.

Voor de zoveelste keer draaide Marianna zich om in haar bed. Het kussen lag niet goed en de deken leek haar gevangen te houden. Door het open raam dreef de geur van natgeregend bos naar binnen. De duisternis werd verzacht door de maan, die Marianna door een kier in de gordijnen net kon zien verschijnen van achter de wolken. Het werd opvallend licht in haar kamer. Ze kon precies zien waar ze haar jurk had neergegooid, waar ze haar schoenen heen had geschopt en waar haar stola lag. Ergens klonk gehuil, het kwam snel dichterbij. Met een ruk ging ze rechtop zitten. Het gehuil werd abrupt onderbroken en Marianna keek snel uit het raam of er geen dode wolf in de tuin lag. Hoewel dat natuurlijk onzin was. Er was dan ook niets te zien, maar de buitenlucht lonkte.

Marianna wurmde zich uit haar nachtjapon. Ze verlangde naar het kerkhof. De engel was de enige die haar begreep, daar zou ze rust vinden. Bij de grafsteen van tante Victoria en andere familieleden die ze nooit had gekend. Zou ze op hen lijken? Op haar moeder leek ze in ieder geval niet!

Toen ze haar kleren aan had, draaide ze voorzichtig de sleutel om in het roestige slot. Het geluid sneed door de stille nacht, Marianna kreeg er kippenvel van. Voorzichtig opende ze de deur, half verwachtend dat haar moeder de gang zou bewaken.

In de gang heerste echter absolute rust. Marianna sloop als een kat haar kamer uit, de overloop over en de trap af. De derde tree van onderen kraakte, dus die sloeg ze over. De marmeren vloer glansde in het maanlicht dat door de grote ramen stroomde. Marianna dwong zichzelf langzaam en geruisloos te lopen, hoewel ze het liefst was gaan rennen. Bij de achterdeur stond ze even stil, ze meende boven iets te horen. De stilte was echter alweer neergedaald en langzaam opende ze de deur, die zonder kraken deed wat ze wilde.

In de tuin rende ze wel, zo hard als ze kon. De koele lucht leek haar komst toe te juichen. Ze had het gevoel nu pas echt te leven en realiseerde zich voor het eerst hoe heerlijk het was om de nacht bewust mee te maken. Misschien had het te maken met het feit dat ze twee weken geleden zestien was geworden. Ze had het gevoel dat haar leven sindsdien was veranderd, alsof ze letterlijk ineens volwassen was.

Marianne zette haar filosofische gedachten overboord en genoot van de nacht. Ze was zich bewust van heel haar omgeving, van de bomen die zacht ruisten in de wind, de nachtdieren die scharrelden in het kreupelhout. Konijnen, een paar muisjes en een steenmarter. Niets dat haar iets kon maken. De geur van natte bosgrond was overal, ze meende zelfs de eerste paddestoelen van het jaar te ruiken. Haar wangen tintelden van de frisse wind en ze haalde diep adem. De vrijheid smaakte zoet.

De witte engel was een baken in het duister. Ze leek licht te geven, zilver licht als van de maan. Ook de kruisvormige grafsteen van tante Victoria glansde in de nacht. Marianna liet zich vallen op het vochtige gras naast het kruis en sloot haar ogen. Ze voelde zich één met de aarde. Ze opende haar ogen en keek naar de hemel. Het licht van de sterren maakte dat ze moest glimlachen.

In de bosjes ritselde iets, iets groots. Het kwam langzaam dichterbij. Marianna voelde dat het naar haar keek. Ze tuurde de struiken in. Zag ze daar twee ogen glanzen? Stond er een mens naar haar te kijken? Marianna ging rechtop zitten. Wie of wat het ook was in de struiken, het kwam naar haar toe. Gevaar bespeurde ze niet, maar... Ze wist ineens zeker dat het een man was, om zichzelf een moment later streng tot de orde te roepen. Zoiets kon je niet weten. Ze stond op. Haar hart klopte wild in haar borstkas terwijl ze alleen nog maar op de struiken lette. Iemand wachtte op haar. Ze zette een stap. De blaadjes ritselden.

'Jij klein, ondankbaar loeder,' klonk het ineens van achteren. Haar moeders hand klemde zich met een stalen greep om haar bovenarm. 'Ik wist dat het mis was! Meekomen!'

'Moeder! U doet me pijn!'

'Houd je mond!'

Marianna probeerde te zien wie haar had bekeken vanuit de bosjes, maar ze kon haar lichaam niet ver genoeg draaien.

'Kijk voor je,' snauwde haar moeder. 'Het is afgelopen. Het eindigt hier!'

De sleutel draaide met een akelige piep om in het slot van de salondeur. Het vertrek had geen ramen. Op één of andere manier vond Marianna dat nog het vervelendste. Even overwoog ze om op de deur te gaan bonzen, maar ze kende haar moeder. Die zou momenteel liever stikken dan haar bevrijden.

Het huis was stil. In de kroonluchter aan het plafond brandden twee kaarsen, die een grillig onvast patroon van schaduwen wierpen op de muren.

Marianna sloeg haar armen over elkaar heen en bekeek haar gevangenis. Ze kwam hier nooit. Drie oude stoelen stonden bij de haard, die beroet en statig het vertrek domineerde. Boven de schouw hing een schilderij. Twee jonge vrouwen keken haar aan. Een van de twee herkende Marianna meteen. Het was haar moeder, jonger en gelukkiger dan Marianna haar ooit had gezien. De andere vrouw moest tante Victoria zijn. Ze was knap en had een lieve blik in haar ogen. Marianna beschouwde het als een compliment dat grootmoeder vond dat ze op haar leek. Ze streek met haar hand over haar wang. Ze had geen flauw idee hoe ze eruit zag. Er waren geen spiegels in Huize Vichenet.

Marianna schrok wakker van de sleutel. De deur zwaaide open en onthulde een fel licht, ze verborg haar gezicht achter haar armen.

'Fijn dat u zo snel kon komen, dokter,' hoorde ze haar moeder zeggen.

Een figuur in een lange, zwarte jas kwam binnen, gevolgd door Antoinette.

'Ik hoop dat ik u kan helpen,' zei de man tegen haar.

'Ik zal een van de meiden uw jas laten aannemen,' zei Antoinette. 'U bent doorweekt.'

'Het is een fikse storm, inderdaad. Is dit de jongedame in kwestie?' Hij liep naar Marianna toe. 'Ik heb vernomen dat je je niet goed voelt.'

Marianna keek hem wantrouwend aan. Enigszins verbaasd realiseerde ze zich dat ze precies wist waar ze hem wilde steken. Als ze een zwaard had gehad. Of zelfs een naald.

'Maak je geen zorgen, ik zal je geen pijn doen. Kom maar mee.'

'Waarheen?'

'Doe wat je wordt gezegd, kind,' zei Antoinette. De bankschroefgreep klemde zich weer om Marianna's bovenarm en dwong haar op te staan. 'De dokter is hier om je te helpen.'

Een naar voorgevoel maakte zich meester van Marianna's onderbuik.

In de rookkamer stond een zware eikenhouten stoel met armleuningen, waar Antoinette haar dochter op neer plantte. De dokter nam enkele leren riemen en voordat Marianna kon protesteren, bond hij haar armen en benen vast.

'Wat doet u? Nee, dat wil ik niet. Laat me los!'

Haar gekronkel had geen enkele zin. De dokter pakte een glanzend mesje uit zijn koffer en wendde zich tot Antoinette.

'Weet u het zeker, madame Vichenet? Deze behandelmethode wordt al bijna een eeuw niet meer toegepast.'

'Ik weet het heel zeker. Ze moet al dat onzuivere bloed kwijt.'

De dokter knikte en legde zijn hand op Marianna's onderarm. Ze gilde toen hij het mesje in haar arm stak. Helderrood bloed stroomde langs haar vingers naar beneden.

'Nog één lating,' gelastte Antoinette.

'Madame, ik heb al meer bloed afgenomen dan ik veilig acht.'

'Kan me niet schelen. Haar bloed moet gezuiverd.'

De dokter zweeg even. 'Goed dan. Maar dit is de laatste!'

Marianna was duizelig. De dokter nam zijn mesje nog een keer ter hand, maar ze voelde het bijna niet toen hij door haar huid sneed.

Zijn contouren werden een beetje vaag. Hij leek niet meer dan een schaduw achter een wit gordijn. Iets zachts streek langs haar onderarm. Er werd iets omheen gelegd. Het zal wel verband zijn, dacht Marianna. Haar hoofd leek niet meer op haar nek te willen balanceren, ze liet hem maar vallen. Haar kin rustte op haar borst.

'Meer durf ik echt niet af te laten, madame.'

'Goed dan.' Het geluid vervormde. Marianna was zich bewust van pratende mensen, maar de taal leek haar totaal vreemd. Langzaam werd het stil en donker.

Ze werd wakker in haar bed. Hoe ze daar was gekomen, wist ze niet. Haar hoofd bonsde. Er was iets niet goed. Dat was de enige gedachte die ze vast kon houden. Ze duwde zich omhoog, ze wilde zitten. Bewegen deed pijn. Haar armen waren ingepakt. Langzaam kwamen de herinneringen boven, en met het geheugen kwamen de woede en de angst. Er was maar één plaats waar ze zich veilig voelde.

De weg naar de engel was nog nooit zo lang geweest. Ze zwalkte over het gazon, zo duizelig was ze. Zweetdruppeltjes parelden langs haar gezicht. Het was wel fijn om buiten te zijn. De zon was net onder. Op een of andere manier vond Marianna dat heel prettig. Ze had nooit echt van direct zonlicht gehouden, maar de laatste dagen merkte ze dat ze echt een voorliefde voor de schaduw ontwikkelde. De aarde rook sterk naar regen. Een paar grote takken lagen op het gazon. Er was storm geweest, besefte ze.

Bij het kerkhof klopte er iets niet. Marianna kreeg kippenvel. Ze keek om zich heen.

De engel was van haar sokkel geworpen, haar vleugel boorde zich in de aarde. Het verfijnde gezichtje, naar de grond gericht, was besmeurd met modder.

'Nee,' fluisterde Marianna. Ze knielde bij de engel neer en probeerde haar overeind te zetten.

'Nee, nee, dit mag niet!' Ze liet zich tegen de bewegingloze engel vallen, maar ze kon niet huilen. Bijna radeloos keek ze of ze echt niets kon doen. Onder de engel stak iets uit de aarde. Het was een stuk perkament. Marianna pakte het en vouwde het open.

Liefste,

Ik kan voorlopig niet meer komen. Ik word zo dik! Antoinette wil me niet meer naar de engel brengen, niet in de nacht in ieder geval. Ze is bang dat er dan iets gebeurt met de baby. Het kan dus zijn dat je me pas weer ziet als ons kindje er is. Hoe vreselijk ik je ook zal missen, het kan helaas niet anders. Ik vraag je begrip. Zul je aan me denken zoals ik aan jou denk?

Ik blijf me steeds maar afvragen hoe ons kindje zal zijn. Wat voor bloed zal er door zijn of haar aderen stromen? Zal hij lijken op jou, of zal zij op mij lijken? Weet jij of er meer kinderen zijn die... je weet wel, allebei zijn?

Ach, hoe het ook zij, een kind dat ontstaan is uit zo veel liefde, daar kan niets mis mee zijn!

Ik zal je missen, mijn lief.

Ik hoop je gauw te zien, om je voor te stellen aan ons kindje.

Voor eeuwig de jouwe,
Victoria

Op de achterkant stond 'Vannacht bij de engel', haastig geschreven in een ander handschrift. De inkt glansde.

Marianna las de brief keer op keer. De duizeligheid van eerder verbleekte bij de duizelingwekkende snelheid van haar gedachten.

Het licht van de maan weerkaatste in een plas op het gazon. Marianna kroop er naar toe en spatte wat koel water in haar gezicht. Het rimpelige water reflecteerde haar gezicht, dat duidelijker werd naarmate het oppervlak weer rust vond. Voor het eerst zag ze zichzelf. Ze leek precies op de vrouw op het schilderij. Ze leek op de vrouw naast haar moeder.

'Grootmoeder?'

Er was geen licht in de kamer, maar toch kon Marianna alles onderscheiden. Grootmoeder zat weer op haar troon. De geur van oude mensen was verstikkend. En ademde ze altijd zo overdreven luid? Met enige terughoudendheid maakte Marianna haar grootmoeder wakker.

'Victoria?' De stem van de oude vrouw klonk zacht. 'Wat doe je hier? Het is midden in de nacht. Is er iets niet goed met Marianna?'

'Wat bedoelt u?'

'Past Antoinette op haar?'

'Eh, ja,' zei Marianna.

'Goed zo.' Grootmoeder ging rechtop zitten. 'Je moet voorzichtig zijn, Victoria. Je kunt zeggen wat je wilt, en die jonge Villaris mag dan misschien aardig zijn voor jou, maar de liefde maakt je blind, kind. Het zijn monsters, geloof me nou. En dan ook nog een halfbloed baby.'

Marianna wilde iets zeggen, maar de juiste woorden wilden niet komen. Grootmoeder begon zachtjes te huilen.

'Waarom ben je toch gegaan? Waarom ben je niet gewoon in huis gebleven, zoals je had beloofd.' Marianna pakte haar grootmoeders handen.

'Grootmoeder, ik ben het, Marianna. Wat is er gebeurd met Victoria? Wat is er gebeurd met... Met mijn moeder?' Nu de waarheid langzaam vaste vorm aannam, bloedde Marianna's hart voor de beide dochters van haar grootmoeder.

'De familie van Villaris wachtte haar op, bij de engel. We vonden haar de volgende dag. Antoinette was er kapot van. Zo veel haat... Monsters.'

'Maar wat is er dan met ze?'

'We hebben haar moeten onthoofden,' fluisterde Grootmoeder ademloos. 'We moesten zeker weten dat ze niet een van hen zou worden. Ze hadden haar zo toegetakeld, zo vaak gebeten. We konden het risico niet nemen. Dus ik heb het gedaan. Ik kon het Antoinette niet vragen. Moge God het mij vergeven, ik heb het gedaan.'

Grootmoeder keek haar opeens recht aan.

'Maar jij bent net als zij. Jij bent er ook een.'

'Wat?'

'Jij bent niet als wij, jij wilt meer. Ik zie het in je ogen.'

'Maar Grootmoeder...'

'Je wordt volwassen. De waarheid haalt ons in. Je hoort hier niet langer thuis.'

De nacht was duister. De maan ging schuil onder dikke, grijze wolken, maar Marianna zag alles. Ze weigerde echter werkelijk te accepteren welk bloed er door haar aderen stroomde. De struiken ritselden.

'Je bent er. Eindelijk,' zei hij zacht. Hij leek geen dag ouder dan twintig, met trotse gelaatstrekken die zijn afkomst meteen verraadden ondanks de diepe littekens die in zijn huid waren gegrift.

'Vader,' zei ze.

'Marianna. Mijn dochter.' Hij sprak de woorden uit alsof hij ze koesterde.

Ze pakte zijn hand. Het voelde vertrouwd. Ze kende hem, ze kende zijn energie. 'Was jij het, gisteren?'

'Ik was er elke nacht. Wachtend tot je buiten zou komen bij het schijnsel van de maan.'

'Ik heb je gevoeld.'

Haar vader glimlachte en knikte licht. 'Je instinct zal alleen maar sterker worden de komende tijd.' Marianna streek onwillekeurig met haar tong langs haar hoektanden, of ze al langer werden.

'Wat doe je?'

Meteen voelde Marianna de kleur naar haar wangen schieten. 'Ik... Eh...'

'Dachten ze dat?' Haar vader zuchtte. 'Hebben ze je wijsgemaakt dat je een vampier bent?'

'Zijn we dat dan niet?'

Haar vader schudde zijn hoofd. 'Ze tasten allen in het duister, om vervolgens het enige licht te beschuldigen van alles wat ze niet weten.' Hij zuchtte. 'Je hebt inmiddels vernomen dat Antoinette je moeder niet is. Het spijt me dat je er op deze manier achter moest komen. Van haar uit bezien...'

Ze had verwacht dat hij met meer verbittering over haar tante zou spreken, maar ze voelde vooral zijn begrip. Ze slikte de opkomende tranen weg. 'Wat is dan de waarheid? Waarom is mijn moeder gedood?'

'Ik denk dat het een ronddolende bende is geweest. Van alles wat.' Zijn stem klonk rauw van de emotie.

'Niet jouw familie?'

'Nooit.' Hij zuchtte bitter.

'Maar wie dan?'

'Alles waarvan de mens het bestaan vreest en dat voor hun eigen gemoedsrust wordt verwezen naar het rijk der fabelen. Alles dus waar wij de mens tegen beschermen. Ook vampiers, ironisch genoeg.'

'Zijn die echt... Komen die zo dichtbij dan?'

'Heb je die weerwolf laatst niet gehoord?'

Een huivering schoot langs haar ruggengraat.

'Maak je geen zorgen. Je bent veilig.' Hij legde zijn hand op Victoria's grafsteen, zijn blik duister en bedroefd.

'Je hield echt van haar,' zei ze zacht.

'Het had nooit mogen gebeuren. Nooit! Als ik er maar iets eerder was geweest…'

'Maar als ze met zovelen waren, dan had ik nu waarschijnlijk helemaal geen ouders meer gehad,' zei Marianna zacht.

'Ik heb ze stuk voor stuk laten boeten,' zei haar vader duister. 'Een Schaduwengel provoceren is het laatste wat iemand doet.'

'Is dat wat we zijn? Schaduwengelen?'

'Jij moet eerst nog een hoop leren, lieverd. Maar daarvoor ben ik hier.' Hij nam een dolk uit de schede, die zilver glansde in het maanlicht. Marianna nam hem met bonzend hart aan. 'Kom je elke nacht?'

Haar vader zuchtte. 'De wezens van de nacht gaan het eerst achter hen aan die je het meest na zijn.' Zijn blik op de grafsteen verduidelijkte zijn woorden. 'Ik neem je mee.'

'Ik snap het.' Marianna streek over de wang van de gevallen engel. Ze voelde een diepe triestheid in haar hart, maar tegelijkertijd was er berusting.

Zwijgend keken ze allebei naar het graf, tot jonkheer Villaris de stilte doorbrak. 'Het is tijd.'

Marianna knikte. Ze pakte de brief aan Antoinette uit haar mouw, drukte er een snelle kus op en verborg het perkament onder de engel. 'Ik laat ze maar in de waan dat ze me horen te haten.'

Haar vader glimlachte trots en trok toen een zwaard. 'Les een: hou je wapen in de aanslag.'

Het metaal van de dolk voelde koel en enigszins vertrouwd in haar greep. Marianna gaf haar vader haar vrije hand en haalde diep adem. Samen verdwenen ze in de schaduwen.

MARYSA'S VAL

In 2010 en 2011 heb ik twee heerlijke weekend-en lang met andere schrijvers, sommigen inmiddels goede vrienden, een workshop gevolgd van Tais Teng. Hij had speciaal voor ons de Winterrivier bedacht, een wereld die we met elkaar verder vormgaven en waarbin-nen we onze fantasie de vrije loop konden laten.

Marysa's val is een van de verhalen die zich afspeelt in Servalle, een soort alternatief-Venetië waar de reis o de Winterrivier begint. Intelliger inktvissen, watermagie en theater er de normaalste zaken van de wer en Marysa draait vooral voor dat la haar hand niet om. Ze is een succes actrice. Hmm, wat zou het leuk zij als *write what you know* nu opging Of is het maar goed dat het bij fantasie blijft?

Marysa's val

Voor de derde keer loop ik een ronde door het appartement. Het moet mijn thuis worden. Alles moet kloppen vanavond. Wel fijn dat Pafrem Margoni dit appartement voor me heeft geregeld. Ik moet er niet aan denken om het in mijn eigen appartement… Nog even niet aan denken. Thuis. Ik moet me thuis voelen. Ik begin weer te ijsberen.

Lizzy's aquarium is schoon. Te schoon? Zou het opvallen? Het lijkt nu of ik net vanmiddag haar aquarium heb schoongemaakt. Dat kan natuurlijk. Ja. Weer een beetje informatie voor mijn rol. Lizzy wordt door mij vertroeteld.

Haar ogen volgen me terwijl ik door de kamer banjer. Ze is verbazingwekkend snel aan mij gewend geraakt. Ik merk dat ik ook op haar gesteld ben, hoewel ik haar eerst griezelig vond met al die zuignappen op veel te veel armen. Zou ze honger hebben?

Ik loop naar de keuken en pak een paar kreeftjes uit de kast. Daar heeft ze vast wel zin in. Ze zwemt in ieder geval meteen naar de rand van haar bak en steekt al twee armen boven het water uit. Het lijkt of ze lacht. Misschien kan ik dat straks meenemen, als ik een anekdote nodig heb.

Oh, man, de zenuwen gieren door mijn buik. Het voelt alsof ik een première moet spelen, of misschien is het zelfs nog wel heftiger dan dat. Ik kijk naar de wijn, die al op tafel klaarstaat. Je ziet er niks aan. Niks verraadt dat er… Nee, niet aan denken. Straks krijg ik rode vlekken van de stress. Oh nee! Dat kan nu al zo zijn! Ik ren naar de grote spiegel in de slaapkamer.

Ik zie er perfect uit. Geen rode vlekken. Prachtige jurk. Moet ik deze wel aanhouden? Is het niet zonde als ik deze nooit meer aan kan omdat hij me doet denken aan… Weer die zenuwen. Nee, kom op. Ik ben Marysa Eyelet, ik heb glansrollen gespeeld in alle theaters van Servalle, ik heb de grootsten tot tranen geroerd met mijn spel. Ik ben minnares van Diamo Margoni, Pafrem van een van de grootste families van landelijk Servalle. Ik heb niets om bang voor te zijn. Ik kijk mezelf recht in de ogen. Koel. Berekenend. Geen andere gevoelens dan die die ik speel. Ik heb het onder controle.

Mijn haar zit goed. Mijn lippen doe ik straks, als hij er bijna is.

De gedachte aan hem stuurt visjes naar mijn onderbuik. Gio, de mooie man. Ik snap wel dat hij Alexa heeft afgewezen. Ze mag dan een Margoni zijn, ze is lelijk als de nacht en hij... Hij kan elke vrouw krijgen die hij maar hebben wil. En die vrouw zal in haar handjes knijpen. Als ik denk aan wat hij doet onder de dekens... De visjes vermenigvuldigen zich in rap tempo. Misschien kan ik nog één keer...

Diamo hoeft het niet te weten. En als hij er wel achter komt, dan hoorde het gewoon bij mijn rol, toch? Oh, de gedachte om Gio nog een keer te mogen beminnen. Zijn zwarte haar, zijn slanke heupen, welgevormde borstspieren. Bij de heilige Behemoth, wat een verlies voor de wereld als ik doe wat ik moet doen.

Moet ik het doen? Wat als ik hem gewoon de waarheid vertel? Dan gaan we samen naar de Waterstraten en zoeken een boot met een vriendelijke kapitein die alle begrip heeft voor de situatie. Uiteraard in ruil voor een zakje parelmoer. Ik heb nog wat liggen thuis, onder mijn matras. Oh, hoe heerlijk moet het zijn de liefde te bedrijven op de open zee. Gio in het licht van de zonsondergang, dat moet hemels zijn.

Ergens slaat een klok en ik schrik op uit mijn dagdroom. Ik tel nog zes slagen, maar heb ik ze wel allemaal gehoord? Ik kijk uit het raam. De zon kleurt langzaam koperrood. Nee toch zeker, zo laat al! Ik voel de uitwerking van mijn dromen nog in mijn onderbuik, maar het mag niet. Hij kan elk moment hier zijn. Haastig voorzie ik mijn lippen van kleur.

Lizzy knaagt op een kreeftenstaart. Ik laat het maar zo. Dan heeft ze iets om mee te spelen.

De wijn staat op tafel. Ik zet de glazen ernaast nog een keer recht. Alsof ze dat twee keer geleden nog niet stonden. Ik haal de stop van de fles en ruik. Niks bijzonders. Goed dan. Meer kan ik niet doen. Hij mag komen, het doek mag op.

Ik kijk uit het raam. De gracht voor het huis is rustig. In een steegje aan de overkant zie ik een man staan. Hij komt me bekend voor. Houdt Diamo me in de gaten? Stik! Dan is het hem echt menens met Gio. Alexa moet kapot zijn geweest van zijn afwijzing. Er zijn maar weinig dingen die Diamo Margoni persoonlijk raken en zijn dochter Alexa is zijn grootste zwakte.

Een gondel komt voorvaren. Ik herken Gio meteen. Ongelooflijk wat die man met mijn lichaam doet. Nog even en mijn knieën begeven het! Stel je niet aan, Marysa. Je bent nu Natalia.

De man in de steeg trekt zich terug in de schaduwen. Zeker weten een Margoni. Stik, stik, dubbel stik.

Ik tel de voetstappen op de trap. Ze zijn sneller dan gemiddeld, hij heeft er zin in. Een bescheiden klopje, hij weet dat ik op hem wacht.

'Gio,' glimlach ik wanneer ik de deur open. De blijdschap hoef ik niet te spelen. Ja, ik ga zeker aansturen op intiem contact.

'Natalia, mijn engel.' Hij ruikt heerlijk. Zijn donkere ogen verslinden me. Hij kust me en ik voel de school vissen weer door mijn schoot schieten. Ik wil hem! Ik druk me tegen hem aan, hij omvat mijn borst met zijn hand. Ik wil dat hij nooit meer ophoudt. Zijn andere hand vindt de eerste knoop van mijn jurk. Ik hou mijn adem in om hem meer ruimte te geven. Los. Heerlijk, ga door! Zijn tong verkent mijn hals. Mijn handen zoeken zijn huid. Ik geef me volledig aan hem over. Zaken komen later wel.

We liggen heerlijk naakt tussen de lakens. Ik voel zijn hartslag onder mijn wang. Zijn handen kroelen door mijn haar. Ik zie ons in mijn visioen, samen op een boot op de Winterrivier. Vreemde landen bezoeken. Verschoppelingen, maar wel samen.

Maar de man in de steeg. Hij zal niet de enige zijn. Ik ken Diamo. Hij weet alles. Hij komt overal achter. Misschien kijkt er nu wel iemand toe door een miniem gaatje in de muur, en ziet hoe we als geliefden tegen elkaar aan liggen.

Ik moet bedenken wat ik ga doen. Heb ik een keus? En, wacht even, ga ik alles wat ik heb op het spel zetten voor Gio? Waar ben ik mee bezig? Met Diamo heb ik alles. Hij is rijk, zijn wil is wet. Ik zal alleen nog hoeven spelen voor mijn plezier. Afgelopen met de audities en op droog brood leven als er weinig animo is voor de show waar je je met hart en ziel in hebt gestort. Diamo geeft me zekerheid. Hij is geen Gio in bed, maar ik zou hem misschien wat trucjes kunnen leren. En met Diamo weet ik zeker dat ik lang en gelukkig zal leven, vrij van alle zorgen.

'Ik ga me even opfrissen,' zeg ik zachtjes en loop naar de badkamer. 'Eh… Er is wijn in de woonkamer, als je zin hebt…'

Ik kijk mezelf aan in de spiegel. Ja, ik maak de juiste keuze. Ik laat water over mijn handen lopen, droog ze af en fatsoeneer mijn haar een beetje. Ergens hangt nog een zweempje twijfel. Als ik Gio de waarheid vertel, zouden we dan niet toch… Maar nee. Diamo weet alles. Diamo zal me vinden, opjagen als een dier en doden op een manier die minder genadig is dan gif in de wijn.

Ik hoor Gio in de woonkamer, glas tinkelt. Ik weet het niet, ik kan toch niet… Nee, ik kan niets anders dan doen wat ik moet doen. Ik kijk mezelf nog een keer aan.

'Marysa, ik hoop dat je jezelf na vanavond nog steeds kunt aankijken,' mompel ik.

Gio zit op de bank. Mijn blik vliegt meteen naar de wijn. Twee glazen, eentje vol, de andere bijna leeg. Stik! Ik heb geen keus meer. Ik probeer naar hem te glimlachen, maar mijn lippen weigeren dienst. Hij zit vreemd, een soort van onderuitgezakt. Gaat het zo snel?

'Wat is er met me? Wat heb je gedaan?'

'Niets,' zeg ik. Ik zet mijn onschuldige en tegelijkertijd bezorgde blik op. Ik heb me nog nooit zo afschuwelijk gevoeld bij het acteren. 'Voel je je niet goed?'

'Nee, ik voel me afschuwelijk. Hoe… De wijn… Hij smaakte vreemd.'

Ik zie zijn adem moeilijker gaan. Ik ben misselijk, ik voel hoe spijt mijn ingewanden verteert. Dit gevoel moet ik onthouden, dit kan ik nog gebruiken. Lizzy spettert met water. Ik zie het wel, maar het dringt niet door.

Een haarlok hangt half voor zijn ogen. Voordat ik het besef zit ik naast hem, en veeg de lok opzij met een teder gebaar.

Ik heb gedaan wat ik moest doen. Diamo zal trots op me zijn. Toch voel ik een brok in mijn keel. Gio, ik wil je niet kwijt. Kan ik hem bij me houden? Is er een manier om hem nog te redden? Hoe lang duurt het voordat het gif de genadeslag geeft, is er nog tijd?

Ik voel een steek in mijn buik. Verrast kijk ik omlaag. Gio houdt een glanzend voorwerp vast. Een mes. Het lemmet is verdwenen. In mijn buik. Ik kijk hem verschrikt aan. Hij kijkt grimmig terug. Nee, zo mag hij niet kijken. Gio, jij moet mooi blijven!

De pijn wordt erger. Ik voel warmte zich verspreiden over mijn benen. Vochtig. Ik bloed. Gio kijkt me aan alsof ik afval ben. Nee, Gio, het was niet mijn… Alsjeblieft…

'Jullie plannetje is mislukt,' fluistert hij. Zijn gezicht is zo dicht bij dat van mij, maar ik voel geen enkele opwinding meer. Hij haat me. Dat steekt dieper dan het mes. Ik wil zo veel tegen hem zeggen, maar ik kan geen geluid uit mijn keel krijgen.

'Jammer voor je dat ik de wijn niet echt heb opgedronken. Arme, lelijke Alexa Margoni. Ze houdt zo veel van mij dat ze me zelfs redt uit de wraakzuchtige tentakels van haar familie.'

Alexa? Maar hoe…

'Ze schreef me wat jij en de Pafrem van plan waren. Dus heb ik mijn eigen plannetje getrokken. Je maakte het me erg makkelijk, Natalia. Of moet ik Marysa zeggen?'

Ik merk dat ik mijn grip op de realiteit verlies. Een zwart gat wacht op mij, ik glij er steeds dieper in weg.

'Wel jammer. Je bent een lekker diertje. Ben blij dat ik je nog eens mocht bezitten.'

Nog één keer zijn ogen zien, dan kan ik rustig sterven. Maar ik zie slechts verloren dromen.

Ik val.

Alle magie heeft een prijs, net zoals dat je voor sommige resultaten gewoon keihard moet knokken.

Dit verhaal was echter niet eentje waar ik veel voor hoefde te doen. Ik had zoveel lol tijdens het schrijven ervan, dat het eigenlijk als vanzelf ontstond. De reden was een illustratie, het fantasy-plaatje van de themawedstrijd *Praatje bij een plaatje*. Wat een foute kerel, met een wasbord om werkelijk de was op te doen, een cape als ware hij superman zelf, een schild en een zwaard glanzend van stoerheid en een pose alsof hij zo van een kalender kwam afdruipen. Tel daarbij op een kop zo kaal als een biljartbal, en dan kun je wat mij betreft niet op een ander verhaal uitkomen dan *Te mooi om waar te zijn.*

Nog een klein weetje: mijn goede vriendin Jannie de Zeeuw jureerde die wedstrijd en ik wilde absoluut niet dat zij mijn verhaal zou herkennen. Vandaar dat ik een van de personages Marika noemde, in de hoop dat ik onopgemerkt zou blijven. En dat lukte, ik ben op geen manier voorgetrokken of benadeeld. *Blijft* het de vraag of dat aan de naamkeuze of toch aan de syfilis lag...

CE MOOI OM WAAR CE ZIJN

Te mooi om waar te zijn

Met open mond staarde Miron naar het dure perkament in zijn handen. Gelukkig hadden de woorden een diepe indruk achtergelaten in zijn geest, want zijn hand trilde zo heftig dat van het keurige handschrift slechts een wazige vlek overbleef.

Geachte heer Dorovan,

Nederig en met de best denkbare intenties willen wij u verzoeken te komen poseren voor de Heldenjaarkalender van zeventienvierentwintig in het jaar van de Grootse Hendar. Uw moedige optreden jegens de verschrikkelijke draak die uw dorp teisterde, heeft u gemaakt tot een Held die dit jaar zeer zeker niet mag ontbreken. Wij zullen u met trots opnemen in onze almanak en hopen dan ook ten zeerste dat u ons verzoek zult inwilligen. Antwoord gaarne per bijgeleverde postduif.
In goede hoop verblijvende tot uw reactie,

Melchiora Blarioen
Secretaris-Generaal van het Koninklijk Gilde der Helden

'Miron, je staat erbij alsof je dat trilapparaat van het lab hebt ingeslikt. Wat is er?' Azalla trok het perkament uit de handen van haar broer en nam ook het kooitje met de postduif over. Het beest schudde verdwaasd na.

Bij het lezen van de brief barstte ze in lachen uit. 'Het is duidelijk dat ze je nog nooit hebben gezien, broertjelief,' hikte ze. 'Ze mogen wel oppassen dat de lens niet barst bij het zien van jouw hoofd. Misschien kun je je haar ervoor kammen?'

'Kop dicht, Azalla.'

'Bovendien heb je die draak per ongeluk verjaagd.'

'Azalla, alsjeblieft! Dit is mijn enige manier om een beetje, je weet wel, aanzien te verwerven.'

'Ja, ja, rustig maar, je geheim is veilig. Als ik het had gewild, had ik je reputatie kunnen breken voordat die begonnen was.'

'Dat is waar.'

'Zie je wel? Ik ben nog niet zo'n beroerde zus.' Ze zette haar handen in haar zij en keek hem onderzoekend aan. 'Over het heldendom en de voordelen daarvan gesproken, hoe is het eigenlijk met Marika?'

Miron wendde zijn hoofd af en antwoordde pas toen Azalla zich als een slangenmens weer zijn blikveld in kronkelde. 'Ze zei dat ik te overweldigend was.'

Azalla trok een wenkbrauw op. 'Die is origineel.'

'Ach ja. Ik sterf in ieder geval niet als een maagd.'

'Nee. En dat voor iemand die op de alchemistenacademie zit.'

'Kop dicht! Liever een goede alchemist dan een waardeloze toverkol.'

Azalla's ogen vernauwden zich tot spleetjes. Ze stampvoette de kamer uit en slingerde iets met 'lui' door de deur die ze dichtsmeet.

Het spiegelbeeld toonde hem wat hij al wist; met zijn hand voor zijn hoofd zag hij er nog het beste uit. Het enige waar hij trots op was, was zijn haar. Een volle bos, die altijd soepel viel. Het gebeurde hem regelmatig dat hij achter zich een bescheiden kuchje hoorde, soms met een tikje op zijn schouder en een zwoele meisjesstem die iets in de trant van 'Hallo daar, vreemde' lispelde. Als hij zich dan omdraaide, dropen ze sneller af dan ratten in het ochtendlicht.

Alles veranderde toen bekend werd dat hij de draak had verjaagd. Mensen groetten hem, meisjes praatten met hem en Marika, het meisje van de alchemistenwinkel en onderwerp van zijn dromen, versierde hem voordat hij werkelijk in de gaten had wat hem overkwam. Die nacht pakte ze in een moment van passie een blinddoek van haar nachtkastje.

'Dan voel ik alles nog intenser, schatje.'

Hij haalde zijn hand door zijn haar en herinnerde zich hoe Marika er met haar vingers doorheen had gewoeld, haar lichaam kronkelend van genot. Ze had met blinddoek inderdaad intenser genoten. Miron weigerde voor zichzelf de ware reden achter die passie toe te geven. Hij zag het toch wel in elke spiegel.

'Lelijke trol,' mompelde hij tegen zichzelf. 'Hou die herinnering maar vast, een nacht als die zul je nooit meer beleven.' Ondanks de teleurstelling bleef zijn opwinding overeind. Hij zuchtte. Het was niet eerlijk om in een wereld als deze te leven met een uiterlijk als dat van hem. En nu kreeg hij deze kans. Er was maar één persoon die hem kon redden. Hij haalde diep adem en liep naar de slaapkamer van Azalla, waar de kleine groengele rooksliertjes die onder de deur door kringelden hem vertelden dat ze weer eens een spreuk had verknald. Hij negeerde ze vakkundig en klopte aan, voorbereid op zowel een scheldkanonnade als een genadeloze uitlachsessie. De deur ging open in een waas van groengele mist.

'Azalla, wil je me alsjeblieft helpen?'

Ze had zichzelf overtroffen. De spierballen waren zelfs onder zijn hemd duidelijk zichtbaar en het sjouwen van de twee zware koffers kostte hem geen enkele moeite. Het verbaasde hem dat Azalla's toverdrank zo goed werkte, ondanks de tijd, moeite en energie die ze er in had gestoken.

Bij de koets stond een jongedame naast haar moeder te wachten op de koetsier. Ze keek verveeld om zich heen. Zodra ze hem zag, zakte haar kaak omlaag en enkele ogenblikken later volgde de kaak van haar moeder. Miron zette de vriendelijke glimlach op die hij had geoefend in de spiegel.

'Goedemorgen, dames,' zei hij. Het klonk wankel, verlegen. Hij voelde zich een muilezel.

'Goedemorgen,' zei het meisje. De onverholen wulpsheid die ze in die groet had gelegd, ontging haar moeder totaal. De dame mompelde iets van een 'Hallo, meneer' en bracht haar hand naar haar hals. Miron schraapte zijn keel. Hij kreeg blijkbaar een tweede kans.

'Kan ik u helpen?' Miron wees naar de massieve hutkoffers die naast de koets stonden. De dames knikten ademloos.

De stof van zijn mouwen knelde bij het aanspannen van zijn spieren. Hij voelde de blikken van de beide vrouwen over zijn lichaam gaan. Ja, Azalla had zichzelf enorm overtroffen. Hij zou een geweldig cadeau voor haar meenemen vanuit Herobarn.

Het meisje keek hem nog steeds ademloos aan. Zag hij het goed dat ze haar borsten nog uitdagender in haar korset had geschikt? Hij voelde zijn onderbuik zich roeren. Soepel zette hij de koffer op het dak van de koets.

Vanachter de ramen van de barbier zaten drie vrouwen en de barbier zelf naar hem te lonken. Miron voelde een bravoure opkomen die hij alleen eerder had gevoeld bij Marika in bed, toen hij haar, opgezweept door haar hijgende ademhaling, naar een hoogtepunt had gebracht. Mirons nieuwe uiterlijk gaf hem kracht. Hij likte subtiel langs zijn lippen. De barbier kreeg bijna een appelflauwte. Met een grijns draaide Miron zich om naar de twee dames die hem zeer erkentelijk waren voor zijn hulp. Het zouden drie interessante dagen worden in die koets.

De drank smaakte bitter, maar de zoete schoonheid van zijn lichaam maakte alles goed. Hij knipoogde naar zichzelf in de gecorrodeerde spiegel. De slordige massa lakens op het bed kwam tot leven en onthulde een moment later het slaperige gezicht van zijn jonge reisgenote.

'Is het al ochtend?' Ze rekte zich uit en de lakens vielen tot Mirons grote genoegen omlaag in haar schoot.

'Het is nog vroeg, de haan heeft net gekraaid,' zei hij.

'Moeder slaapt altijd lang,' zei ze en nodigde hem met een handgebaar terug in bed. 'Die staat voorlopig nog niet op mijn deur te kloppen.'

Miron kon een grijns niet onderdrukken. Hij wist wel zeker dat moeder nog sliep - de nacht daarvoor had ze zo weinig slaap gehad dat ze die nu vast en zeker lag in te halen. Wie weet deed ze het in haar dromen nog een keer dunnetjes over; ze had haar lippen kapot gebeten om het niet uit te gillen in de vorige dunbemuurde herberg.

'Misschien kunnen we ook nog even wegglippen als we vanmiddag rust houden om te eten,' zei het meisje zwoel. Ze kneep in zijn tepel om haar woorden kracht bij te zetten. Miron kreunde zacht. Het eerste dat hij Azalla zou vragen als hij thuis kwam, was om een levensvoorraad van deze drank te maken.

'Miron, je haar!' riep het meisje ineens. Ze keek met afgrijzen naar zijn hoofd.

'Wat...' Hij streek met zijn hand door zijn haar en nam een dikke pluk mee. Losse haren dwarrelden naar beneden.

'Wat is er met je? Ben je ziek? Of vervloekt?'

'Ik weet het niet!'

'Lieve help!'

De koets hobbelde voort naar Herobarn. Miron voelde bij elke stoot nieuwe plukken haar uitvallen. Hij voelde zich ellendig en dat gevoel werd in stand gehouden door de meewarige blikken die moeder en dochter regelmatig naar hem wierpen. Hij vervloekte Azalla uit de grond van zijn hart, met elke haar die hij verloren had of die zich nog verbeten vastklampte aan zijn hoofdhuid, die nu schuil ging achter een afschuwelijke hoed die hij van de kapstok in de herberg had gejat.

'Ik denk een vervloeking,' fluisterde het meisje later, vlak nadat ze hem de bosjes had ingetrokken. 'Een schoonheid als de jouwe is ongeëvenaard. Er moet een magiër jaloers zijn geworden. Denk je niet?'

Miron deed er het zwijgen toe. Azalla en haar ongelooflijke onkunde.

'Ik vind het niet erg,' zei het meisje. Ze trok de veters van haar lijfje los en drukte haar warme lichaam tegen hem aan. Haar borsten overtroefden zijn boosheid volledig. Ze kirde toen hij haar rokken omhoog haalde.

Hij sloot de deur achter het blozende meisje dat op wiebelige benen zijn kamer verliet. Het Gilde had een luxe kamer voor hem geregeld, vol gouden ornamenten en scharlakenrode gordijnen. Hij had uitzicht op het stadsplein en de Grote Kathedraal, met daarachter het uitgestrekte stadspark waar die middag de fotosessie zou plaatsvinden.

De spiegel in zijn badkamer glansde, het kamermeisje had er extra haar best op gedaan nadat hij zijn best had gedaan met haar. Hij keek naar zijn spiegelbeeld. Kaal als de gepolijste gouden bollen op het hek van de kathedraal, in amper een dag tijd. De meisjes leken het niet erg te vinden, ze streelden over zijn hoofd alsof het de kristallen bol van Mezura was. Hij vond het wel prettig. Zijn spiegelbeeld lachte hem zelfverzekerd toe.

Hij hoopte dat niemand in zijn dorp achter het bestaan van de kalender kwam. Iedereen wist dat hij de draak had verjaagd. Ze zouden nooit geloven dat hij het was op die kalender. Misschien was het tijd om naar Klaran te verhuizen. Per slot van rekening studeerde hij daar en die anderhalf uur heen en terug te paard waren geen pretje. Azalla mocht wel bij hem wonen - zo lang ze de drank voor hem maakte.

Miron opende zijn koffer, op zoek naar de juiste kleding om zijn figuur te accentueren. Lelijk, lelijk, kinderachtig, te klein, versleten, afschuwelijk. Ineens begreep hij veel beter waarom Azalla altijd zo moeilijk deed als ze had afgesproken met de zoon van de burgemeester.

Het gordijn waaide sierlijk naar binnen door een zuchtje warme wind en bracht een vlaag van inspiratie. Hij trok de stof van de roede. Nu nog een simpele broek die nauw om zijn billen sloot en een hemd dat een groot deel van zijn borstkas onbedekt liet. Hij was tevreden.

'Dit kán zo niet!' riep een meisje met een mond vol spelden. Ze bekeek Miron van top tot teen. 'Mag ik?'

'Ja, hoor,' zei Miron. Hij lachte zijn witte tanden bloot. Het meisje pakte zijn hemd en scheurde het van boven tot onder kapot.

'Laat maar van je af glijden,' zei ze. Haar vingers gleden een moment langs zijn borstkas. 'Zijn je benen net zo welgevormd?'

Miron knikte. Het meisje huiverde en begon aan zijn broek te trekken. Er bleef weinig meer over dan een paar flarden die onder zijn riem hingen.

'Perfectie,' fluisterde ze. Ze reikte hem een zwaard en een schild aan. 'Wat doe je vanavond?'

Miron stopte om de kalender uit zijn koffer te pakken. Blijkbaar had het Gilde haast gemaakt met het drukken. Vlak voordat hij de koets terug naar huis had willen pakken, kwam Melchiora de almanak in hoogsteigen persoon brengen. Hij had de koets op het nippertje gehaald, zijn inmiddels vederlichte koffers op het dak gesmeten en plaats genomen tussen vier giechelende meisjes die naar de open dag van de Magische Academie gingen. Hemels. Hij zuchtte, deels nagenietend en deels van de pijn - hij was het duidelijk niet gewend om zo veel uit te spoken tussen de lakens of de struikjes. Nu was hij weer in zijn eigen dorp en hij wilde de kalender onder Azalla's neus duwen nog voor ze goed en wel door had dat hij thuis was.

Een penetrante brandlucht sloeg hem tegemoet toen hij zijn straat in liep. Onrust maakte zich meester van zijn buik. Het laatste stukje naar huis legde hij rennend af en hij wurmde zich tussen de ramptoeristen, buren en bewonderende blikken door.

Er was weinig van het huis over. Op de vloer vochten een paar laatste vlammen om een stukje kussen. De dakbalken walmden na als pas uitgeblazen lucifers. Alles was zwart en asemde hitte.

'Wat is er gebeurd?'

'De draak kwam,' zeiden verschillende dames tegelijk. De dikke overbuurvrouw nam het woord, met haar boezem bijna in zijn gezicht. 'De dochter was thuis toen het gebeurde. Vreselijk.' Haar hand ging dramatisch naar haar voorhoofd. 'En net nu de Drakenjager van huis was. Ze hadden uw hulp goed kunnen gebruiken, waarde heer.'

Miron voelde de angst om zijn hart slaan bij de herinnering aan zijn vorige confrontatie met de draak. Geen wonder dat het beest was teruggekomen voor wraak. En dat nu juist...

'Waar is Azalla?'

'In het universiteitshospitaal,' zei de overbuurvrouw.

Miron was al in beweging gekomen voor ze uitgesproken was en negeerde alle vrouwen die hem achterna hobbelden en met vragen bestookten.

'Kent u haar?'

'Kent u Azalla?'

'Gaat u de draak doden?'

Haar rechterhand lag slap en dik omzwachteld op de deken. Een groot deel van haar gezicht ging schuil achter een laag vette zalf. De lucht van verbrand haar hing nog vaag om haar heen.

'Miron!' riep ze uit. 'Ik was al bijna vergeten hoe je er uit zag. Waar is je haar?'

'Wat is er gebeurd? Hoe is het met je?' Miron vloog bijna haar kamer in, nagekeken door nieuwsgierige verpleegsters. 'En waar zijn pa en ma?'

'Pa haalt mede en ma praat met de arts. Oh, je haar!' lachte ze.

'Hoe kun je nou lachen? Moet je zien hoe je erbij ligt!'

'Ach, ik leef nog,' zei Azalla. Ze klopte met haar gezonde hand op de deken. 'Ik hoop dat je trots bent.'

'Hoezo?'

'Jij bent mijn laatste meesterwerk.'

'Hoe bedoel je?'

'Ik denk niet dat deze ooit nog bezweringen kan weven.' Ze maakte grinnikend een explosief gebaar met haar goede hand.

'Nooit meer magie? Hoe kun je zo blij zijn! Je toekomst is naar de draken! Letterlijk!'

'Ach, ik was toch niet goed in m'n studie.'

'Maar kijk wat je met mij gedaan hebt!'

'Ik zei het toch, meesterwerk?'

'Maar als jij geen nieuwe drank voor me maakt, dan... Word ik weer mezelf.'

'Ja, en?'

'Ik was eindelijk iemand, Az. Echt iemand. Niet langer het lelijke mannetje dat thuishoort in de goot.'

'Laat je dan eens zien! Je bent een enorm grappige vent, je bent aardig, je bent... Weet ik veel! Die drank maakte jou niet anders! Goed, je zag er anders uit, maar de leuke knul eronder is waar het uiteindelijk om gaat.'

'Ik ben lelijk! Mensen kijken niet verder dan mijn kop.'

'Dat denk je maar,' zei Azalla.

'Oh, wie is dit?' Hun moeder kwam binnenlopen en keek Miron bijzonder geïnteresseerd aan.

'Mam, dit is nou je zoon, Miron.'

Azalla zag er prachtig uit. De naaister had haar misvormde hand goed weten te verbergen in een waas van witte tule en brokaat. De sluier bedekte haar gehavende gezicht niet helemaal, maar het leek de bruidegom niet te deren. De zoon van de burgemeester liet haar zwieren over de dansvloer en kuste haar met een enthousiasme waarin Miron zichzelf van amper een half jaar geleden herkende.

Miron voelde zich beroerd. Hij streek met zijn magere vingers over zijn hoofd. Nog steeds zo kaal als een knikker en voor de rest weer zo lelijk als de nacht. Azalla's ontwerpen en aantekeningen voor de drank en de bezweringen waren verbrand en een professional zou hij zich nooit kunnen veroorloven, zelfs niet als hij een half leven als alchemist zou sloven. Hij zuchtte. Azalla had gelijk. Hij moest mensen verder laten kijken dan zijn uiterlijk, ze laten kennis maken met de leuke jongen erachter. Goed dan. Hij tikte een blond meisje op haar schouder.

'Leuk feestje hè?'

Het meisje draaide zich om en schrok. 'Het spijt me, ik realiseer me ineens dat... Mijn paard nog niet op stal staat!' In een oogwenk was ze verdwenen. Een brunette lachte hem in zijn gezicht uit. Een eindje verderop stond Marika. Ze keek hem aan met onverholen afschuw en keerde hem de rug toe. Misselijk zakte Miron neer in een stoel.

Hij hield de fles met de laatste toverdrank tegen het licht. Nog iets meer dan de helft. Daarvan kon hij Verena bezoeken en als hij zuinig was, kon hij daarna nog vijf keer. Hij glimlachte en liet zijn blik over de stapel post glijden, die van de grond tot boven zijn staande spiegel reikte en vouwde haar brief open.

Liefste Miron,

Onze briefwisseling verheugt mij zeer. Ik heb een foto van mezelf bijgevoegd, zoals je vroeg. Ik heb jouw foto natuurlijk van de kalender. Je had het in je vorige brief over langskomen. Dat lijkt me erg leuk. Zeg maar wanneer en ik zal er zijn. Ik woon in de Steenhouwersstraat in Klaran, op de hoek naast de bakker.

Veel liefs, Verena

Hij knipoogde naar zijn spiegelbeeld, omringd door foto's van aanbidsters die hij in de lijst had gestoken. Zijn eigen uiterlijk maakte hen extra aantrekkelijk. Vooral Marika zag er akelig goed uit op de foto die ze gestuurd had. Ongelooflijk dat ze niet eens in de gaten had dat 'Lekkere Kalenderjongen' de Miron was die ze al meer dan een half jaar ontliep. Zij zou de afsluiter vormen. Een nacht van ongebreidelde passie zonder enige vorm van bescherming of bedekking.

Miron zette de fles secuur terug in de la. Als hij het zorgvuldig plande, kon hij gelukkig zijn tot de syfilis hem nekte.

Watte? Hoe haal je hier nou Giselle uit? Geloof me, zo moeilijk is het niet, helemaal wanneer ik verklap dat dit verhaal geschreven is voor de Pure Fantasy thema-wedstrijd Ondersteboven.

Ik ga er niet te veel over zeggen, behalve dan dat ik het erg leuk vond om de woorden achterstevoren, binnenstebuiten en zekersteweten heel bewust te gebruiken, terwijl het woord ondersteboven er juist helemaal niet in zit. Ik hou van dat soort details.

Dit is het meest autobiografische verhaal dat ik ooit schreef. Of in ieder geval, ik heb een scène rechtstreeks uit mijn leven getrokken. In de tweede klas van het VWO zat ik achterin de klas en had ik een hartgrondige hekel aan wiskunde, inclusief docent. Hij zei letterlijk tegen mij wat ik meneer Katz heb laten zeggen, ik voel mijn oren er nog warm van worden. Wonder boven wonder is het met mij goed gekomen. Met mij wel...

3773516.

SOLAR POWERED

3773516

Kut,' zei Rein in zichzelf terwijl hij zo snel mogelijk door de regen fietste. 'Kut, kut, kut.' Hij was al twee keer bijna van zijn fiets gevlogen, dankzij de ketting die te slap gespannen zat, en natuurlijk net nu zij hem nodig had.

De regen had de mensen hun huizen in gejaagd, hoewel de meeste mensen er de laatste tijd toch al niet voor hun lol op uit trokken. Ze waren bang. En Rein kon ze alleen maar gelijk geven.

Hij schudde de nare gedachte die op kwam van zich af. Het sms-je kwam zekersteweten van haar. Er stond *hoi HELD*. Niemand anders wist wat dat betekende. En ze zou het niet sms'en als ze het wilde uitmaken. Nee, het was gewoon goed.

Rein voelde zijn hart een slag overslaan bij de gedachte dat ze elkaar weer eens zouden zien buiten school. Alleen zij tweetjes, geen klasgenoten of pottenkijkers en al helemaal geen...

Het was begonnen in oktober, tijdens de wiskundeles van Katz, een akelig mannetje dat er jaren ouder uitzag dan hij was, met kleine zwarte oogjes en een dunne mond die altijd afkeur uitstraalde. Hij had net uitgelegd hoe je vergelijkingen moest uitvoeren en door de klas gonsde zacht overleg over X'en, Y'en en ontbinden in factoren.

Rein zat achter in de klas de oefenopgaven te maken. Zij zat naast hem met een rekenmachine te spelen.

'Ik weet iets,' fluisterde ze. 'Kijk! 123 x 456 x 789 + 28830302 is...'

Ze liet de vraag in de lucht hangen.

'Een heleboel,' zei Rein.

'Je kende hem al!' Ze pruilde even. 'Ik weet er nog een. Wacht even hoor, hoe ging die ook alweer...' Ze begon in het wilde weg wat knopjes in te drukken. Rein beloofde zichzelf dat hij dit grapje niet zou kennen. Hopelijk was het niet lol plus lol is hihi.

'Heb je een nieuwe gekocht?'

'Nee, gevonden in de bios, weet je nog? Altijd handig, zo'n reserve, die van mij is kapot. Lobbes kreeg hem te pakken. Overdosis hondenkwijl, yuk. Shit, hoe ging het nou? Hij was heel cool, de oplossing was bloes los.'

'Mevrouw Reehorst,' snerpte de stem van meneer Katz door de klas. Ze keek met een ruk op, haar oren ineens vuurrood. 'Als u zich wat meer zou bezighouden met de les en wat minder met die onzin, dan zou u misschien eens een voldoende halen.'

Ze knikte en boog zich snel over de opgaven. Een paar minuten later durfde ze pas een briefje te schrijven.

Wat een eikel!

En Rein schreef eronder: *Ja!!* met een smiley.

Ze verkreukelde het briefje snel, Katz keek alweer pissig de klas rond.

'Ook hoi,' fluisterde ze en ze keek Rein stralend aan. Hij had geen idee waar ze het over had, maar ze gebaarde met haar hoofd naar de rekenmachine.

37735I6I04

Rein knikte en probeerde een hoofd te trekken van 'graag gedaan', maar hij had geen idee wie het had ingetoetst.

De mouwen van zijn jas konden de hoeveelheid regenwater niet meer aan; de nattigheid bereikte zijn huid. Hij huiverde. Gelukkig was er in het park een overdekt prieel, vlak bij de ingang waar ze hadden afgesproken, aan de Isobellelei. Het zou hem niets verbazen als ze in het prieeltje op hem wachtte. Een nieuwe golf kippenvel joeg over zijn armen. Daar hadden ze voor het eerst...

In de struikjes tsjirpte een leger krekels. Of sprinkhanen. Rein wist het nooit zeker. Wel romantisch, flitste het door hem heen. Zo hoorde het. Eerst een chickflick, die eindigde met zijn arm om haar heen - *yes!* - en nu lopen in het park. De maan stond bijna vol aan de hemel en de temperatuur was aangenaam, zelfs voor een avond in september. Een eindje verderop stond het prieeltje. Rein bad dat er niemand was.

Af en toe keek hij opzij. Het turnen had haar een bepaalde manier van lopen gegeven, fier rechtop en een soort van verend, alsof ze elk moment klaar was om een aanloopje te nemen en een salto te springen. Haar zwarte haar hing vandaag los - voor het eerst voor zover Rein zich kon herinneren. Het stond haar goed. Als hij dichtbij was, rook hij haar shampoo. Hij bad dat hij weer zo dichtbij kon komen. Moest hij nu misschien haar hand... Maar wat als ze niet... Dan zou hij echt... Rein liet zijn hand weer langs zijn lichaam vallen.

'Wist je dat daar iemand zelfmoord heeft gepleegd?' Haar stem onderbrak de krekels - of sprinkhanen - en het duurde even voor Rein begreep wat ze zei. 'In het prieeltje.'

'Echt?' Zijn hoop vervloog.

'Hm-hm. Een of andere nerd. Mijn tante kende hem van school. Die jonge tante, Lieze, je weet wel. Ze vertelde het laatst. Studiebol, buitenbeentje, gepest. Beetje als in *Spijt!*. Dat boek ken je toch? Nou ja, en toen vonden ze hem in het prieeltje. Hij had zich opgehangen.'

'Oh.' Rein zocht naar een bankje. Zoenen in een prieeltje waar iemand zichzelf had gedood. Ja, nee, heel romantisch.

'Maar je merkt het niet, hoor. Ik heb er al zo vaak gezeten.'

Rein wierp een snelle blik op zijn horloge. Bijna twaalf uur. Spokenuur.

Op dat moment pakte ze zijn hand. 'Ik vind het erg leuk vanavond.' De warmte van haar hand maakte rechtstreeks contact met zijn buik.

En in het prieeltje, dat niets dan rust en romantiek uitstraalde, sloeg hij zijn armen om haar heen en kuste haar.

De regen leek iets minder te worden terwijl Rein de hekken van het park dichterbij zag komen. Het licht van de lantarenpalen weerkaatste in alle natte oppervlakken, maar het bleef donker, vooral rond de poort. *De poort van de hel,* dacht Rein. Hij riep zichzelf streng tot orde.

Het was gewoon snertweer op een doordeweekse avond in mei. Niks bijzonders.

De klas stond al zo'n tien minuten te wachten bij het wiskundelokaal. De bel was gegaan, maar Katz was er nog steeds niet. De eerste leerlingen hadden het al over 'lekker naar de bovenbouwbar gaan' toen de rector aan kwam lopen. 'Klas 4V2? Kom binnen.' Hij opende het lokaal. Zijn hand beefde licht toen hij de sleutel in het slot stak.

Rein was meteen op zijn hoede en keek nog een keer de gang in. Ze was er nog niet. Haar fiets had hij wel gezien, maar de plaats naast hem bleef leeg. Het was niets voor haar, ze was nooit te laat. Er was toch niks...

De rector kuchte zacht om aandacht te krijgen. Hij zag bleek.

'Jongens, meisjes. Ehm... Er is geen makkelijke manier om dit te vertellen. Jullie docent, meneer Katz, is om het leven gekomen. Er zijn nog geen details vrijgegeven, maar het is mogelijk dat de politie om onze medewerking vraagt.'

'Was het moord?' riep iemand door de klas.

'Het is allemaal nog onduidelijk. Als jullie de behoefte voelen om te praten, dan...'

De rector praatte verder, maar Rein hoorde het niet. Pas toen hij een tas tegen zijn hoofd kreeg, kwam hij weer een beetje bij zijn positieven en volgde de zwijgende kudde het lokaal uit. Hij koos daarna echter een andere richting. Het was een gok, maar hij moest iets doen.

Ze zat in een hoekje van de berging van het gymlokaal, achter de bok. Ze was bleek, staarde voor zich uit en haar haren hingen wild en vochtig om haar hoofd.

'Alles goed?'

Ze keek verstoord op.

'Rein!' riep ze toen. Ze wierp zich in zijn armen en snikte het uit.

'Hé, gaat het wel? Jeetje, schatje...'

'Ik- Ik hoorde het van Katz... Ik was vroeg en... En de leraren stonden te praten... En ik...'

'Wat?' Hij keek haar ongerust aan. Haar gezicht was vlekkerig. Hij zwoer dat hij haar voor eeuwig zou beschermen tegen zulk soort verdriet.

'Hij is vermoord. Overal bloed, zeiden ze, overal. Net een slagveld.' Ze klampte zich aan hem vast en kalmeerde langzaam.

Pas later zag hij de bloedsporen op zijn handen. Waarschijnlijk had hij zich open gehaald aan de muur terwijl hij haar troostte. Hij voelde het niet eens en toen hij zijn handen had gewassen, was er ook niks bijzonders te zien.

De ketting schoot een stuk door, Rein kon nog net zijn evenwicht bewaren. Hij besloot de laatste paar meter te lopen. In de bosjes ritselde iets boven het geluid van de regen uit. Even voelde hij zich gewichtloos van schrik. Gelukkig herstelde hij zich snel. Kut man, hij ging ook al lijken op die paranoïde lui.

Katz bleek het eerste slachtoffer van een hele reeks bizarre moorden. De politie tastte nog altijd in het duister. Ze hadden iedereen op school ondervraagd. *'Heb je iets vreemds gezien of meegemaakt de laatste tijd?'* en *'Waar was je toen-en-toen?'* *'Was er iemand met extreem slechte cijfers?'*

'Volgens mij wordt het een dikke onvoldoende. Ik ben echt hopeloos.' Ze veegde de wiskundeboeken naar een hoek van haar bureau en keek Rein ondeugend aan. 'Misschien kunnen we iets leukers verzinnen?'

'Ongetwijfeld. Maar wilde jij niet een voldoende halen? Juist om hem terug te pakken van gisteren?' Haar oren werden een tintje donkerder bij de herinnering.

'Je hebt gelijk. Als die eikel het nou gewoon eens wat beter uitlegde.'

'Misschien snapt -ie het zelf niet. Ik bedoel, hij is toch pas net afgestudeerd?'

'Hij zat bij tante Lieze in de klas vroeger, die is ook nog geen jaar klaar. Volgens haar was hij een enorme studiebol.'

'Geloof ik graag. Maar daar hebben we nu niks aan. Kom op. Pak je rekenmachine erbij, we gaan los.'

Ze pakte het apparaat uit haar schooltas en zette hem met een dramatisch gebaar aan.

'Ik ben er klaar voor,' zei ze.

'Oké. We weten de lengte van zijde AB en AC. Hoe bereken je de cosinus van hoek A?'

Ze begon hardop te redeneren en toetste getallen in. 'Ik begrijp er geen reet van,' zei ze toen. 'De pot op met Pythagoras.'

Rein lachte.

'Kom op. Geef mij die rekenmachine maar even, dan laat ik het je zien.'

Ze schoof de calculator naar hem toe. Rein drukte op de C. Er gebeurde niets. Het scherm was leeg.

'Hoe zet je hem aan?'

'Gewoon, zo.' Ze zette hem aan, maar Rein hoefde maar te wijzen of de cijfers verdwenen weer.

'Dat ding spoort niet,' zei hij.

'Doe normaal,' zei ze.

'Ik pak m'n eigen wel.'

'Ik snap niet waarom je zo moeilijk doet. Hij staat gewoon aan. Kijk maar.'

Er stond 3773516. En daarna stond er ineens 808.

'Vaag...' zei ze.

'Denk je dat Lobbes er aan heeft gezeten?' vroeg Rein.

'Is mogelijk. Maar hij doet nog wel wat, zoveel kwijl kan het niet zijn geweest.'

'Getver. Ik pak mijne.'

Ze pakte zijn hand. 'Ik heb geen zin meer. We gaan wat anders doen.'

'Maar je kerstrapport dan?'

'Ach, m'n ouders weten best dat wiskunde niet m'n ding is.'

Vreemd genoeg haalde ze een dikke acht, terwijl Rein met veel ploeteren een mager zesje voor elkaar had gekregen. Hoewel, veel ploeteren...

Die avond, op haar slaapkamer, hadden ze voor het eerst dicht tegen elkaar aan gelegen, onder de dekens, zonder veel kleren aan.

Pas thuis merkte hij dat zijn shirt binnenstebuiten zat. De nacht was voorbij gegaan in een waas van opwinding en eigenlijk was Rein blij dat hij er nog een zesje uitgesleept had. Maar die acht komma drie was hem een raadsel. Nu nog steeds.

Hij was inmiddels bij de ingang aan de Isobellelei, maar zag nog niets. Het fietsenrek was leeg. Vreemd, ze was nooit te laat. Misschien schuilde ze ergens voor de regen. Of was ze lopend. Kon best. Toch? De band van zijn fiets gleed met een geluid van schurend metaal het fietsenrek in, hij kreeg er kippenvel van.

Ze hing aan het koppetjeduikeltjerek op het schoolplein toen hij zijn fiets in het fietsenrek zette. Haar haren veegden door het zand en haar blik stond op oneindig.

'Alles goed?' vroeg Rein.

'Hm,' zei ze. 'Ik heb het gewoon druk. Ik was gisteren te laat voor m'n training omdat ik Engels nog moest afmaken. Eloise zeiken natuurlijk.'

'Hm.'

'Komt vast door dat gedoe, met Bibi Leege enzo. Iedereen is compleet gestresst.'

'Ik snap het wel. Het is ook waanzin.'

Ze zuchtte. 'Ik kan er soms amper van slapen.' Met een dodemanssprong kwam ze weer op haar voeten terecht. Er glansden tranen in haar ogen toen ze zijn handen pakte. Ze fluisterde. 'Ze hebben tante Lieze in hechtenis genomen.'

'Wat!'

'Ssst. Niemand hoeft het te weten. Er zijn nu al vier van haar oude klasgenoten vermoord. De politie zegt dat ze haar op deze manier beschermen, maar...'

'Denk je dat ze er iets mee te maken heeft?'

'Ik kan het me niet voorstellen.'

'Stel je voor dat er over een jaar of tien al vier van onze klasgenoten zijn overleden.'

'Vijf,' zei ze ineens. 'Weet je nog, van die zelfmoord in het prieel? Die jongen zat ook bij haar in de klas.'

'Vijf. Dat is gewoon zowat twintig procent van een klas.'

Er klonk een geïrriteerd, venijnig gepiep uit haar rugzak. Ze opende het zijvakje en pakte de rekenmachine eruit. 'Zeventien komma vijfentachtig,' zei ze. Haar ogen leken leeg, anders dan normaal. 'Sorry, waar hadden we het ook alweer over? Jeetje, ik ben echt verstrooid de laatste tijd. Stress. Die brand in de boven-bouwbar... Bibi... Het werkt gewoon een beetje op m'n zenuwen of zo.' De blik in haar ogen veranderde, en kreeg weer de warmte die Rein ook zag wanneer ze zei dat ze van hem hield. 'Het spijt me.'

'Het geeft niet,' zei Rein. 'Iedereen is een beetje van slag.'

Ze knikte.

'Kom, de les begint zo.'

Rein liep het park in. De waterdruppels waren inmiddels veranderd in spettertjes. Hij werd natter van het water dat uit zijn haar liep dan van wat nog uit de lucht viel.

Onder de bomen was het akelig stil. Het prieeltje wachtte op hem in de verte. Het zag er echt uit als een plek om zelfmoord te plegen. Zonder het zelf te beseffen begon Rein sneller te lopen.

Hij moest moeite doen om haar bij te houden op weg naar het huis van haar tante. Het tuinhekje sloeg achter hen dicht.

'Mocht ze gewoon gaan?'

'Er is beveiliging,' zei ze met een gebaar naar de straat, waar inderdaad een politieauto stond. 'Na die laatste moord was het overduidelijk dat tante Lieze er niets mee te maken had.'

'Is ze niet bang, dan?' vroeg Rein, maar op dat moment ging de deur open.

'Tante Lieze!'

De vrouw die haar omhelsde, was haar studententijd-even-beeld. 'Wat ben ik blij je te zien. En dit moet Rein zijn.'

'Dag mevrouw.'

'Zeg maar Lieze, alsjeblieft. Ik zou je zus kunnen zijn.' De vrouw keek even bezorgd naar de agenten in de wagen. 'Kom snel binnen.'

Achter dampende koppen thee kwam het gesprek als vanzelf op de moorden en op tante Lieze's tijd op het bureau.

'Ze vroegen me vooral naar onze schooltijd. Het was zo pijnlijk om al die goede herinneringen op te halen. Bibi en ik waren toen twee handen op een buik. Wij tweetjes tegen de rest van de klas. Of nou ja... We hadden eigenlijk een hele groep. We brachten meer tijd door in de bovenbouwbar dan in de klas.' Ze lachte met een melancholieke blik in haar ogen.

'Hoorde Katz daar ook bij?'

'Nee. Dat was zo'n wiskunde-type, onze tegenpolen, zo ongeveer. Zij hadden hun eigen clubje, Wiskunde-Bobbel Bob en Wiskunde-Knobbel Katz. Pas nu realiseer ik me hoe we hen het leven zuur hebben gemaakt.'

'Waren jullie pestkoppen?'

Tante Lieze knikte. 'Bibi kon heel gemeen zijn. Niets dan goeds over de doden, maar ze kon echt uithalen als een kat. En ik lachte mee, het kon me niets schelen dat het voor die jongens vreselijk moest zijn.'

'Heeft die ene daarom zelfmoord gepleegd?'

Tante Lieze keek verdrietig naar haar kop thee. 'Hij was niet zo weerbaar.' Ze lachte schamper. 'Ik denk dat hij verliefd op me was. Maar hij was echt mijn type niet.'

'Pleegde hij zelfmoord omdat je hem afwees?'

'Nee, dat was maanden eerder. Het was gewoon een rare jongen.' Ze haalde haar schouders op met weer zo'n vreugdeloos lachje. 'Al zou hij het wel grappig vinden dat Katz gepakt is. Wat hadden die twee een hekel aan elkaar.'

'Waren het geen vrienden dan?'

'Geen vriendschap is bestand tegen zoveel rivaliteit. Wiskunde was voor hen bijna een vechtsport.'

Rondom het prieeltje kringelden dunne sluiers van mist omhoog. De klok sloeg twaalf. Spokenuur. Rein wilde alleen het geluid van haar stem horen.

'Rein?' Haar stem klonk gestrest en metaalachtig door de telefoon. De digitale wekker zei dat het twee over drie was, midden in de nacht.

'Wat is er?'

'Rein, ik heb zo vreselijk naar gedroomd! Ik... Er was een brand en ik was erbij... En toen werd ik wakker en ik snap het allemaal niet meer. Ik weet niet meer wat ik heb gedaan gisteravond. Ik ben gek aan het worden!'

'Ik kom eraan.'

'Maar m'n vader...'

'Ik kom. Zet je raam open.'

Hij had in zijn leven nog nooit zo hard gefietst. De aprilnacht was fris en verjoeg de laatste restjes slaap. Via de container klom hij op het balkon, vanwaar hij door haar raam naar binnen kon klimmen. Gelukkig hield Lobbes zich stil.

'Ik ben zo blij dat je er bent,' zei ze. Ze gaf hem een kus. Het sluiten van het raam klonk onnatuurlijk luid in de nacht.

Zijn stappen galmden als kanonschoten in de stilte. In het prieel zag hij geen teken van leven. Waar was ze? Rein draaide zich om, liep een paar passen achterstevoren om te kijken of ze misschien door de poort stapte. Nergens was beweging. Rein beet op zijn lip en rende het laatste stuk.

Ze zat op de uitgebrande resten van de bovenbouwbar, spelend met haar rekenmachine.

'Wat doe je?' Rein kwam behoedzaam dichterbij. Ze deed de laatste tijd vreemd, opgejaagd. Soms leek ze wel een ander. Nu was het meer een soort autisme. Ze keek alleen maar naar het schermpje.

'Hoor je me?' vroeg Rein.

'Bob,' zei ze.

'Heb je je rekenmachine een naam gegeven?'

'Hij zegt het zelf. Bob. Kijk maar.'

Ze duwde de rekenmachine onder zijn neus.

`808`

Rein keek haar bezorgd aan. Haar ogen waren leeg.

Het prieel was leeg. Ergens was dat een geruststelling, maar het maakte Rein ook nerveus. Waar was ze?

Hij hoorde een geluid achter zich. Snel draaide hij zich om, maar er was niemand.

Toen zag hij hem liggen, op de grond. Dat ding. Zelfs in het donker kon hij zien wat er op stond.

3773516

Genoeg! Rein ging boven boven de rekenmachine staan en stampte zo hard hij kon. Het plastic versplinterde.

1414

De cijfers leken bevroren op het scherm. Rein voelde zich ineens duizelig. Het voelde of hij gevangen zat in zijn eigen lichaam, dat steeds kleiner werd. De ruimte kromp. Hij wilde schreeuwen, maar de controle over zijn stem was niet meer van hem. Hij zat vast. Ergens ver boven zich zag hij zijn eigen lichaam, maar toen het gezicht met een brede grijns dichterbij kwam, waren het niet langer zijn eigen ogen die naar hem keken. Toen werd alles zwart.

Lief dagboek

Alles is goed. Het is alweer een jaar geleden dat de laatste moord werd gepleegd. Alles is weer rustig. Ik heb ook rust gevonden, hoewel ik het wel eng vind dat er niemand is gepakt. Zouden ze nog zoeken, de politie? Nou ja. Het is weer rustig. Ik moet me concentreren op de eerste schoolonderzoeken en daarna het eindexamen. Zolang ik geen black-outs krijg, komt het wel goed. Rein helpt me als ik wiskunde weer eens niet snap, de rest gaat lekker. Al mis ik Bob. Op een of andere manier bracht die me geluk of zo. Ach, Bob is kapot. Ik moet het zelf doen. En ik heb Rein. Hij is zo lief. Alleen... Hij begint nooit meer een sms-je met hoi HELD.

GISELLE

Er is
iets aan de oudheid dat
mij mateloos intrigeert. De oude
beschavingen rond de Middellandse
Zee, met name aan de Europese kant,
hebben een aantrekkingskracht die ik niet zo
goed kan verklaren. Misschien omdat we heel veel
weten, maar heel veel ook niet. Er is ruimte voor
speculatie, ruimte voor mysterie omdat er zoveel tijd
tussen ons en hen in hangt. Daarnaast geloofden zij
zelf andere dingen dan wij, zoals in de bemoeienissen
van de Goden met ons nederige mensjes, en dat er
meer is dan slechts wat we kunnen zien.
Zo'n Griekse beschaving vormt de achtergrond voor
Deà Thuslan, maar dan verzonken onder water.
Voor de mensen die er wonen, de normaalste
zaak van de wereld. Tenminste, zolang
alles gaat zoals de Koningin het had
bedacht.

DEÀ THUSLAN

Deà Thuslan

Lirael, gaat het wel?'
Ik opende mijn ogen en keek scheel van de hoofdpijn. De wereld was een grote, vage vlek. Ik probeerde te ontwaren wie er tegen me sprak, maar ik wist niet waar het geluid vandaan kwam. Het leek of haar stem slechts in mijn hoofd bestond.

'Lirael?'

Ik voelde een hand op mijn schouder. Het beeld werd langzaam scherp. Een meisje zweefde voor me. Haar grote, zeegroene ogen keken me onderzoekend aan. Haar haren golfden mee met de stroming van het water. Nu pas realiseerde ik me waar ik was. Ik zou in paniek moeten raken, maar ik deed het niet. Het meisje straalde zo veel rust uit. Er was vast niets aan de hand.

'Misschien kan ik je maar beter naar huis brengen,' zei ze in mijn hoofd. 'Je hebt nogal een klap gehad.'

Dat klonk logisch. Ik voelde me geradbraakt, al wist ik niet hoe dat kwam. De doffe hoofdpijn had zich genesteld aan de rechterkant van mijn brein. Ik wilde vragen wat er was gebeurd, maar het meisje wenkte me en draaide zich om. Ze had een sierlijke manier van bewegen, die ik imiteerde. Het water gleed tintelend langs mijn benen, langs mijn borsten en buik. Mijn haar zweefde en wervelde achter me aan. Alles was goed. De hoofdpijn werd minder, de antwoorden die ik zocht, kwamen dichterbij nu ze even minder belangrijk leken. Ik genoot van het beheersen van de stroming.

Het water om ons heen was helderblauw. Zonnestralen fonkelden er doorheen. Vluchtig bestreken ze zand en stenen, nu hier, dan daar.

'Gaat het nog?' vroeg het meisje. Wie was ze toch? Ik hoorde het te weten, ze kende mij per slot van rekening ook. Maar het antwoord ontglipte me steeds, ongrijpbaar als het zonlicht dat over de bodem danste.

'Ho, rustig, niet alles tegelijk,' lachte ze in mijn gedachten. 'Eén gedachte per keer graag.'

'Hoe heet je?' stuurde ik naar haar toe.

Ze schrok.

'We kennen elkaar al jaren! Ik ben Areala! Waarom... Ik ben bang dat die klap harder was dan ik dacht. Misschien kan ik je maar beter naar de koningin brengen.'

De koningin? De wereld werd steeds vreemder. Of nee, ze werd steeds bekender. Of zoiets. Areala pakte mijn hand. Ze keek weer heel vriendelijk.

'Maak je geen zorgen. De koningin lost alles wel op.'

Voordat ik er verder over kon nadenken, doemden twee grote zuilen op, als een toegang tot de duisternis daarachter.

Vreemd genoeg was het helemaal niet donker aan de andere kant. Het was er juist licht, alsof de zon er direct naar binnen scheen, ongehinderd door de golven. Er was ook geen stroming meer, alleen nog de druk van het water. Areala ging staan en ik volgde haar voorbeeld.

'Bijna thuis,' zei ze. Het water vertraagde elke beweging. Lopen leek meer op schrijden, zoals bruiden dat doen als ze worden weggegeven. Iets in mij wilde niet aan een bruiloft denken. Gelukkig vond ik afleiding in de omgeving.

We kwamen door een brede laan met aan weerszijden allerlei gebouwen, die met elkaar wedijverden in pracht en praal. Ik zag dat het licht niet van de zon kwam, maar van stralende bollen op hoge, stenen pilaren, die op een regelmatige afstand van elkaar stonden. Aan het eind van de laan stond een prachtig paleis van grijs-wit marmer.

Areala lachte naar me. Haar huid glansde in het licht van de bollen. Ik keek naar mijn eigen hand en er sprongen tranen in mijn ogen. Ik glansde ook!

We passeerden vele bewoners van de statige huizen. Kinderen speelden spelletjes op straat. Ik hoorde hun vrolijke liedjes in mijn hoofd. Af en toe stond er iemand stil en keek naar me, of zei me gedag. Ik glimlachte terug en hoopte maar dat ze mijn ongemak niet opmerkten. Ik had geen idee wie ze waren.

Het paleis kwam dichterbij. Het was nog groter dan ik in eerste instantie had gedacht. Om het paleis heen lag een groot plein, geplaveid met tegels van smetteloos parelmoer. Iedere lichtbol had een evenbeeld in de spiegeling, waardoor de grijze aders in het marmer van de paleismuren als zilver oplichtten.

We betraden het paleis door een poort achter de zuilengalerij en kwamen terecht in een doolhof van prachtig versierde gangen, trappen en deuren. Zelfs het plafond was volledig bedekt met mozaïektegeltjes in elke denkbare pasteltint, waardoor het leek alsof de zon door het wateroppervlak heen de gang in scheen.

Opeens stopte Areala bij een rijkversierde deur. Ze zei me te wachten en liet me achter. Even later kwam ze weer terug en pakte mijn hand.

'De koningin wil je meteen zien. Ze maakt zich zorgen om je.'

Ik voelde de zenuwen in mijn buik toen we de troonzaal in liepen. Ik zou de koningin ontmoeten! Of had ik dat al vaker gedaan? Misschien was ik er wel kind aan huis.

Ze stond naast een troon die bezet was met fonkelende edelstenen. Haar gewaad viel soepel om haar slanke lichaam en haar huid had een gloed waarbij die van mij en Areala verbleekte. Ondanks het gebrek aan stroming wervelde haar gouden haar om haar gezicht. Ze lachte naar me en haar stem klonk warm.

'Mijn kind,' zei ze en ze gebaarde me dichterbij te komen. Ik moest voor haar op de grond gaan zitten en mijn ogen sluiten. Ze legde haar handen op mijn schouders en ik voelde haar warmte door mijn lichaam stromen. Mijn hoofdpijn werd even heel scherp. Onwillekeurig deed ik mijn ogen open en keek naar haar handen. Ze had een ring om haar vinger, goud met een fonkelende parel. Een schok voer door mijn lichaam, vlug sloot ik mijn ogen weer.

'Ja?' zei de koningin.

'Niets,' zei ik snel. 'Ik ben moe.'

Die ring. Er was iets met die ring.

De koningin sprak tegen Areala, die knikte en me vervolgens overeind hielp. Daarna bracht ze me naar een kamer waar ik kon slapen. Zodra mijn hoofd het kussen raakte, was ik al vertrokken.

Plotseling schoot ik wakker, met het gevoel te stikken. Er was iets mis. Er was iets verschrikkelijk mis. Ik had iets gedroomd. En die ring…

Ik wreef in mijn ogen en masseerde mijn slapen. De hoofdpijn was wel iets minder geworden, maar nog steeds vervelend. Ik keek om me heen. Een grote vensterbank bij het raam. Kasten en een toilettafel. Allemaal spulletjes die ik niet herkende. En een grote spiegel. Ik stond op en bekeek mijn spiegelbeeld. Een bleke vrouw met lang, blond haar dat zacht deinde op een stroming die ik niet voelde. Ik wist dat de ogen die me aankeken de mijne waren. Ik kende ze. Ik wist absoluut wie ik was. Lilian. Nee, Lirael. Hoe kwam ik bij Lilian? Wat was er met me gebeurd dat ik zo in de war was? Waar was Areala? Zij wist het!

Ik opende de deur en keek de gang in. Links en rechts verschilden amper van elkaar. Hoe wist ik waar ik heen moest? Waar wilde ik eigenlijk naartoe? Ik wist niets! Maar het antwoord moest ergens in mijn hersenen te vinden zijn.

De kamer van Areala, alstublieft.

Als-je-blieft?

Kom op!

Niets.

Geïrriteerd schudde ik mijn hoofd. Ik wilde me terugtrekken op mijn kamer. Me verstoppen tot alles weer normaal was. Maar dat zou ik niet meer doen. Dat had ik mezelf beloofd. Ik had lang genoeg op mijn kamer gezeten, die tijd was voorbij.

Goed dan. Ik keek nog eens de gang in en besloot toen naar rechts te gaan.

Ik zag niemand, ook niet toen ik uit het raam keek. Ik bevond me op een van de bovenste verdiepingen van het paleis. Ik kon boven op de bollen kijken. Ze gaven minder licht dan net. Misschien volgden ze het ritme van dag en nacht.

Ik dwaalde verder door het paleis en uiteindelijk vond ik Areala in een ruim vertrek op de onderste verdieping van het paleis. De koningin was er ook. Ze glimlachte naar me en wees naar een ander persoon, een man.

'Lirael, mijn liefste!' Nog voor ik hem goed kon bekijken, omhelsde hij me.

'Ik heb je gemist,' fluisterde hij in mijn oor. Zijn omhelzing voelde zo vertrouwd. Ik merkte dat ik hem ook gemist had. Dat herinnerde ik me dus nog wel. Het stelde me gerust. Ik ontspande me, legde mijn hoofd op zijn schouder en opende mijn ogen. Toen zag ik het kleine meisje op de stoel. Elea. Ze had mijn ogen en de guitige lach van haar vader. Ze rende met haar korte beentjes naar me toe en sloeg haar armen om me heen. Ik voelde me compleet. Mijn geheugen was van later zorg, ik had mijn gezin terug! De koningin glimlachte en nam Areala mee.

Later die dag, terwijl Elea buiten speelde, lagen Kerran en ik in bed. Ik verloor alle besef van plaats en tijd terwijl hij me beminde.

Opeens vormden de woorden "Oh Sander" zich in mijn hoofd. Geschrokken keek ik naar Kerran, maar hij had niets gemerkt. Goddank! Wie was Sander? De rest van de vrijpartij lette ik heel goed op wat ik zei - en dacht.

Na afloop lagen Kerran en ik tegen elkaar aan in de schemering. Het licht van een bol scheen zilverig door het raam. Het leek op maanlicht.

'Alles goed, Lirael?' vroeg hij zacht.

'Ja,' fluisterde ik en ik legde mijn hoofd op zijn schouder, mijn ogen gesloten.

'Ik ben zo blij dat alles goed is. Toen de koningin me liet halen omdat je een ongeluk had gehad, was ik zo bang je kwijt te raken!' Zijn omhelzing werd intenser. Ik keek hem aan. Er glansde een traan in zijn oog.

'Maak je geen zorgen,' zei ik, ook vechtend tegen mijn tranen. 'Ik blijf bij je. Bij jullie.' Een grote blijdschap maakte zich meester van mijn hart, alsof ik net moeder was geworden. Wat moest het geweldig zijn geweest toen ik Elea voor het eerst in mijn armen hield. Ik hoopte dat die herinnering snel terugkwam.

'Ik ga even kijken waar Elea is,' zei hij. Ik knikte en bleef liggen.

Ik zag de ring. Ik speelde ermee terwijl ik op een bed zat. De ring was belangrijk. Voor mij althans. Ik hield hem vast, rolde hem tussen mijn vingers, gleed met mijn wijsvinger over de parel zoals ik vroeger ook altijd deed, toen de ring nog symbool stond voor iets goeds... De inscriptie zei: Voor altijd de jouwe. Sander. *Die tekst stemde me uiterst bitter.*

Toen schrok ik wakker. Elea stond aan mijn bed, met schrik in haar grote, glanzende ogen.

'Mama, wat doe je?' Kerran stond naast haar en hield haar hand vast. Blijkbaar zei hij iets tegen haar, want ze keek hem niet-begrijpend aan. Daarna keek ze bezorgd naar mij en drukte een kus op mijn wang.

'Word je gauw beter, mama? Het is zo gek als je sjaapt.'

'Ik voel me al wat beter, lieverd,' zei ik. Ze leek gerustgesteld.

'Zullen we wandelen?' vroeg ze enthousiast. Kerran glimlachte en pakte mijn hand om me uit bed te helpen.

We liepen door de brede lanen van de stad, met Elea tussen ons in. Ze hield ons stevig vast en babbelde honderduit. Af en toe keken Kerran en ik elkaar aan. Ik zag de liefde in zijn blik. Het gaf me een warm gevoel. Wat heb ik dat gemist, flitste het door me heen.

De gebouwen in dit deel van de stad waren ook mooi, maar hier en daar zag ik tekenen van verval. Afgebladderde verf, scheuren in muren en pilaren. Gedeeltes van het plaveisel waren kapot en daar kwam donkere modder tevoorschijn. Af en toe zochten luchtbellen een grillig pad naar boven toe.

Ook de mensen waren minder mooi. Hun glans was doffer. Misschien hing dat samen met de bollen, die leken ook minder licht te geven dan die bij het paleis. Ik zag het ook aan mijn eigen huid.

We dwaalden al een tijdje door de stad, toen het me ineens opviel dat we alleen langs woonhuizen kwamen. Nergens zag ik winkeltjes of restaurantjes.

'Zullen we ergens gaan zitten?' stelde ik voor. Prompt wees Kerran me op een bankje. Ik bedoelde eigenlijk een terrasje, maar Elea huppelde er al naartoe.

'Kom gauw, mam!' riep ze in mijn geest.

Ik glimlachte naar Kerran, die zijn arm om me heen sloeg. Ik zuchtte. Het voelde goed. Had Sander dat maar vaker gedaan, dacht ik. Ik schrok en probeerde de vreemde herinneringen van me af te

zetten. Maar terwijl ik op de bank ging zitten, hoorde ik een mannen-
stem in mijn hoofd. Het was Sander, wist ik.

'Lilian, waarom moet jij altijd zo moeilijk doen?'

*We zaten op een druk terras in het centrum. Sander gedroeg zich weer
eens onmogelijk.*

*'Waarom doe je zo geïrriteerd? Ik wil gewoon praten, over ons, over de
toekomst. Ik wil graag een gezin, kinderen...' zei ik.*

'Ik wil ze niet. Het is prima zoals het is.'

'Maar...'

'Ik wil er niet over praten. Einde discussie.'

Ik vocht tegen de woedende tranen en wendde mijn ogen af.

Mijn blik vond Elea, die me bezorgd en angstig aankeek.

'Ben je nog steeds ziek, mama?'

'Het gaat wel, lieverd. Ik ben nog wat moe,' stelde ik haar gerust,
maar ze bleef me bezorgd aankijken.

'Moet je weer sjapen?' vroeg ze. Ze klom bij me op schoot en nestelde haar hoofd tegen mijn schouder. Ik legde mijn arm om haar
heen.

'Misschien straks. We zijn nu nog lekker aan het wandelen.'

'Ik vind sjapen stom,' zei ze. Ze ging demonstratief met haar armen over elkaar zitten. Ik lachte. Volgens mijn moeder reageerde ik
vroeger net zo, ook met die armpjes over elkaar. Mijn moeder! Ik herinnerde me haar! Klein, een beetje aan de mollige kant. Lichtgrijze
krullen, altijd creolen in haar oren. Voor iedereen een vriendelijk
woord en 's avonds steevast thee met bastognekoeken.

'Zullen we ergens wat gaan drinken, lieverd?' vroeg ik Kerran. 'Ik
heb wel zin in thee.' Hij keek me aan, met dezelfde blik als die van
Elea even eerder.

'Is er iets?' vroeg ik. Hij schudde langzaam zijn hoofd.

'Nee, er is niets. Drinken dus? Kom maar mee,' zei hij.

Elea stond erop dat ik haar droeg. Ze hield me stevig vast terwijl
we weer richting paleis liepen.

De herinnering aan mijn moeder voelde goed. Kon ik me nog meer
van haar herinneren? Ik had haar net helpen verhuizen. Eindelijk al
dat jaren zeventig-bruin de deur uit en... Jaren zeventig?

'Laat het los, lieverd,' zei ze. 'Het is voorbij en eerlijk gezegd ben ik er niet rouwig om.'

'Mam!'

'Zo bedoel ik het niet. Maar jullie pasten niet bij elkaar. Sander en jij...'

Weer die Sander! Wat was er met die Sander? En waarom kreeg ik elke keer zo'n naar gevoel bij de gedachte aan hem? Wat had ik met hem te maken?

Kerran liep naast me. Af en toe keek hij me bezorgd aan. Elea's warme hand lag op mijn nek. Ik wilde die vreemde herinneringen niet, ik wist dat ze mijn gezin schaadden maar ik kon ze niet stoppen. Wat was er aan de hand met mij? Ik wilde mezelf zijn, maar wie was dat? Ik moest echt even rustig zitten, alles overdenken.

Voordat ik het wist, waren we in het paleis. Kerran kneep even in mijn hand. Het was allemaal zo vertrouwd. Toch begreep ik het niet. We zouden toch iets gaan drinken?

Hij ging me voor door het doolhof. Het gevoel van de zon door het water was er niet meer. Kon ik de schoonheid nu niet meer zien, omdat ik me zo rot voelde? Ik wilde weer gewoon mezelf zijn. In gedachten schold ik op mijn ongeluk, maar ook dat kon ik me niet herinneren. Alleen de aanrakingen van Kerran en Elea leken echt.

In een klein zijkamertje vonden we Areala en de koningin. Areala leek aangeslagen en de koningin was duidelijk ontevreden. Zodra we binnenkwamen, stopten ze hun mentale gesprek. Areala liep snel weg, zonder me aan te kijken. Ze leek verlegen. Vreemd, zo kende ik haar helemaal niet. Had ze iets fout gedaan? De koningin glimlachte mijn gedachten weg. Ze keek mijn man even aan. Ik kon aan hun ogen zien dat ze met elkaar spraken. Ik vond het vervelend dat ik het niet kon horen, maar voor ik er iets aan kon doen, stuurde ze Kerran en Elea vriendelijk naar buiten en gebaarde me plaats te nemen op een stoel.

'Ik hoor dat het niet goed met je gaat?'

Ik haalde mijn schouders op.

De koningin zweeg even. Ze stond met haar rug naar me toe en keek uit het raam.

'Je vroeg om iets te drinken,' zei ze. 'Wij drinken niet. In Deà Thuslan wordt niet gegeten, gedronken of geslapen. Wij kennen het ritme van dag en nacht niet.' Ze draaide zich om en keek me recht aan. 'Ik dacht dat slaap je goed zou doen. Misschien dat jouw geest even tijd nodig had om aan de situatie te wennen. Ik vrees echter dat er met jou iets is misgegaan.' Iets misgegaan? Ik keek haar vragend aan. Haar blik was niet echt bezorgd, eerder geïrriteerd. Ze ging naast me zitten.

'Lirael, dit is je thuis. Je maakt nu deel uit van Deà Thuslan. Ik heb je wens vervuld. Ik heb je alles gegeven waar je om vroeg.'

Ik zag de ring om haar vinger.

Ik zag hem in mijn eigen handen. Ik stond op een strand, golven rolden naar binnen en gleden weer weg. Het schuim ving het licht van de opkomende maan. Ik gooide de ring zo ver ik kon het water in.

'Ik wil een nieuw leven!' hoorde ik mezelf roepen.

De woorden echoden in mijn geest terwijl de koningin verder sprak.

'Je hebt je nieuwe leven gekregen. Je hebt Kerran en Elea. Zij hebben je nodig. Ze zijn een deel van je. Vergeet Sander.' Ze streelde met haar vinger over de ring.

'Hoe weet u van Sander?'

Sander, de eerste man op wie ik echt verliefd was. Dat hij voor mij koos toen... Het was net een droom. Misschien had ik toen al moeten weten dat we geen stand zouden houden. Een man als hij kon toch nooit genoegen nemen met mij? Maar ik geloofde dat hij zou veranderen. Ik geloofde dat hij van me hield. Ik geloofde dat hij de vader van mijn kinderen zou worden. Ik hoopte het met heel mijn hart.

De koningin leek grauw, de gloed was verdwenen.

'Sander is nu niet belangrijk. Areala heeft gefaald. Haar betovering is niet sterk genoeg gebleken.'

Betovering?

Ik zat op het bed in mijn hotelkamer. Brochures over een Grieks eiland lagen op het bureau, precies zoals ik ze op de eerste dag had neergelegd. Ik was er al dertien dagen, morgen zou ik naar huis gaan. De rust die ik zo zocht, had ik niet gevonden. Ik had me opgesloten in die kamer, niets anders gezien dan het balkon en de eetzaal, waar ik niet eens elke dag kwam. Ik at toch bijna niets.

'Ik zal het zelf opnieuw doen. Je zult je niets herinneren van je oude leven,' zei de koningin.

Het was mijn laatste avond. Ik pakte de ring uit mijn tas en speelde ermee. Voor altijd de jouwe, Sander. Leugenaar. Hij was de reden dat ik naar Griekenland was gevlucht.

'Je hoeft je alleen maar aan mij over te geven.'

Om de scheiding te verwerken, om mezelf terug te vinden. Ik was niet ver gekomen.

'Over enkele minuten zal je ware leven beginnen.'

Hij verwerkte de scheiding vast met zijn nieuwe liefje, met wie hij mij bedrogen had. De klootzak.

'Sluit je ogen en maak je geest leeg.'

Het was genoeg. Ik zou me niet langer in mijn kamer opsluiten. Die tijd was voorbij.

Ze legde haar hand op mijn schouder. Ik schrok. Ze was ijskoud. Haar huid was vaal en doods. Bij haar slaap kwam haar schedel er doorheen. Alle glans was weg, het licht vervaagde.

'Wat gebeurt er?' vroeg ik.

'Dit komt doordat je je te veel laat meeslepen door je herinneringen. Sluit je ogen en maak je geest leeg, dan kan ik je helpen.'

Grote plukken van haar eens glanzende haar vielen uit en zweefden spookachtig door het water naar de grond. Ik keek er ontsteld naar. Mijn God, ze was aan het ontbinden!

'Lirael,' begon de koningin, maar ik rende al weg, het beeld van de uiteenvallende koningin nog op mijn netvlies.

'Mama!' Elea stond in de gang. Haar ogen stonden vol tranen. 'Ga niet weg. Ik hou van je.'

Mijn hart brak. Elea, mijn kind. Mijn vlees en bloed. Kerran stond aangedaan naast haar.

'Lirael...' zei hij in mijn hoofd. 'Je hebt het beloofd...' Ik wilde niets liever dan hem tegen me aan voelen, hem omhelzen. De pijn die in zijn ogen lag wegnemen, voor altijd. Het leek of heel mijn lichaam bestond uit liefde, voor hem en voor ons kind. Maar het was een leugen. Het was niet echt. Ik zou een leugen leven, tot in de eeuwigheid.

'Het spijt me zo,' zei ik. Ik draaide me om, mijn zicht vertroebeld door mijn tranen.

'Mama!'

Ik rende, rende zo snel mijn benen me konden dragen, zo snel als ik kon om mijn beslissing niet te herzien.

De huizen langs de brede laan stortten in. De tegels op de grond lagen schots en scheef. Ik struikelde een paar keer bijna, maar ik moest doorgaan, door de poort en dan naar boven.

Ik zag weer hoe ik als een bezetene in de huurauto stapte. Ik reed naar de baai waar volgens lokale legenden een sirene woonde. Het verhaal ging dat wensen daar vervuld werden. De zon was net onder, de schemering zette in.

De inwoners van Deà Thuslan leken niets te merken. De kinderen speelden hun spelletjes terwijl ze vergingen en hun ouders keken toe, niet meer dan skeletten en stof.

Terug in de auto. Het overweldigende besef dat ik werkelijk vrij was van Sander en wat hij me had aangedaan. Ik had zijn ring weggegooid. Ik was vrij!

Voor me was de weg deels onder water gelopen. Ik zag het te laat en verloor de macht over het stuur. Ik slipte. Een harde klap en een plons. De auto verdween onder water. Ik probeerde eruit te komen. Luchtbellen dwarrelden omhoog. Ik kon geen adem halen. Ik worstelde om los te komen, waarbij ik grote hoeveelheden water binnenkreeg. Mijn longen leken te exploderen.

'Lirael!' Het was Areala, weinig meer dan een skelet, wankel en angstaanjagend. 'Ga niet weg!'

'Begrijp je het dan niet? Ik hoor hier niet. Ik hoor boven de grond!'

'Daar had je een rotleven! Hier heb je alles wat je wilt. Kerran. Elea!'

Achter haar stortte een gebouw in. Ik stikte. Mijn longen stonden in brand.

'Niet van mij. Ik ben niet Lirael.'

'Je kunt Lirael zijn! Voor eeuwig!'

'Ik ben Lilian!' Ik slingerde de woorden naar haar toe. Het besef dat ik Lilian was, gaf me kracht. Ik kon hier niet blijven, ik wist het heel zeker. In een vlaag van doorzettingsvermogen zwom ik door de poort. Deà Thuslan ging achter mij ten onder.

Ik hoorde Sander in mijn hoofd: 'Lilian, waarom moet jij altijd zo moeilijk doen?'

Toen zag ik het.

'Jezus!' Sanders favoriete vloek.

Ik zag mezelf. Ik hing half uit het autoraam. Mijn haar dreef om mijn gezicht, verder was alles slap en zwaar.

Ik was dood. Dat besef dreef langzaam naar binnen.

Vlinder

Dit
verhaal werd geboren
vanuit de wens om iets te doen
met contrasten. Om een prachtige,
frisse wereld tegenover een duister
gebeuren te zetten en de balans tussen die twee
langzaam van het ene naar het andere te laten
overslaan. Dit was het eerste verhaal waar ik ook
muziek en beelden bij zocht om de sfeer te voeden
terwijl ik schreef.

De vlinder bestaat echt en lijkt werkelijk op een
kunstig klavertje vier met een lijfje, gekregen van mijn
lieve schoonouders. Het enige verschil is dat de
vlinder geen hangertje is, maar een ring. De kans
dat mijn leven ooit afhangt van haar schoonheid
is vrij klein, maar ik ben er nog altijd blij mee.

En je weet wat men zegt over een
fladderende vlinder aan de ene kant
van de wereld...

Vlinder

Zijn voetstappen zijn al van verre te horen en komen snel dichterbij. Het duister dat me omsluit, versterkt het geluid en voedt het besef dat het onvermijdelijke op het punt staat te gebeuren. Hij is bij de deur. De sleutel wordt in het slot gestoken en draait zich schurend en piepend een weg door lagen vuil en roest. De ratten vluchten en voor ik mijn ogen moet sluiten voor het felle licht van die ene kaars die hij bij zich heeft, zie ik de grijns op zijn gezicht. Het is tijd. Ik zet me schrap.

Ze keek Melanie glimlachend na. Jonathan was al door de schooldeur verdwenen, hij kon als altijd niet wachten om weer bij zijn vriendjes te zijn. Melanie was minder goed in afscheid nemen. Ze draaide zich om en Andrea bereidde zich voor op een drama. De laatste tijd ging het heel goed, soms liep Melanie zelfs de school in zonder om te kijken, maar deze morgen was ze al twee keer terug gekomen voor een knuffel.

Tot Andrea's opluchting bleef ze staan. 'Tot vanmiddag, mam!' riep ze, wild zwaaiend met beide armen tegelijk. Haar brede grijns stelde Andrea gerust. Over een tijdje zou Melanie minstens zo hard naar binnen rennen als Jonathan.

'Tot vanmiddag, schat!' Andrea zwaaide terug en Melanie verdween in het gebouw. Het zou fijn zijn als het ochtendritueel niet langer een bezoeking was, maar ergens was het prettig te weten dat Melanie niet zonder haar moeder kon.

Andrea haalde diep adem en stopte haar handen weg in de zakken van haar mantel. Het was nog fris, maar de lente hing in de lucht. De takken van de bomen rond het schoolplein droegen groene knopjes en op weg naar school had ze een sneeuwklokje in een tuin gezien. Daar zou ze op de terugweg even bij stilstaan. Ze had alle tijd; voor haar lag een vrije dag als een blanco blad. Met nog een teug frisse lucht in haar longen zette ze haar benen in beweging. De wind speelde met de krullen die uit haar haastig bijeengeraapte staart waren gevallen en blies haar gedachten schoon.

Het sneeuwklokje straalde haar wit en puur tegemoet en beloofde lengende dagen en zonlicht. Andrea voelde zich vol van geluk.

'Daar ben je,' zei een vertrouwde stem.

'Leo?' Ze keek op in zijn lachende gezicht en pakte zijn uitgestoken hand. Hij kuste haar. Het geluk dat het sneeuwklokje in haar had doen ontspruiten, groeide uit tot gouden bloemen in zijn omhelzing.

'Moet je niet werken?' realiseerde ze zich ineens.

'Ik heb vrij genomen,' zei hij. 'Vandaag wordt een speciale dag.'

'Maar je ging vanmorgen gewoon naar je werk.'

'Ik stond drie straten verderop te wachten tot jij de kinderen naar school had gebracht,' zei hij schouderophalend.

'Smiecht!'

'Je lach verraadt je,' grinnikte hij.

Ineens begreep ze waarom hij nu voor haar stond. 'Is dit voor ons jubileum?'

'Ja. En twee dagen te vroeg, zodat ik je kon verrassen.'

'Missie geslaagd.' Ze kuste hem en de gouden bloemen bloeiden.

Hij pakte haar hand en leidde haar mee.

'Waar gaan we heen?'

'Dat zul je wel zien.' De mysterieuze glimlach op zijn gezicht maakte het er niet duidelijker op.

'Jij bent gemeen!'

'Je moest eens weten. Ik ontvoer je de hele dag.'

'Maar de kinderen dan?'

'Die worden opgehaald door opa en oma.'

'Je bent geweldig,' zuchtte Andrea. Ze nam een paar snelle pasjes zodat ze niet langer achter hem liep. Hij sloeg zijn arm om haar schouders.

'Ik hou van je,' zei ze.

'Ik ook van jou.'

De zon won aan kracht en schitterde tussen de wuivende bladeren van de bomen door terwijl ze hand in hand langs een brede laan liepen.

'Wil je in de zon lopen?' vroeg Leonard.

'Door die bladeren lijkt het net of het licht weerkaatst wordt in duizenden diamanten,' zei Andrea. 'Het is perfect zo.'

Leonard drukte een kus op haar hand.

'Oh, het kan dus nog beter,' grinnikte Andrea.

'Je weet de helft nog niet,' zei Leonard.

Ze liepen inmiddels in het hart van de stad, waar zelfs de eeuwenoude bomen in het niet vielen bij de enorme gebouwen die trots uittorenden boven het centrale plein. Leonard leidde zijn vrouw naar een brede deur die rijkelijk versierd was met houtsnijkunst.

'Het museum?' Andrea keek Leonard blij verrast aan.

'Je hebt het er al jaren over dat je daar zo graag heen wilt en het komt er steeds maar niet van.'

'Ik vind het een beetje eng.'

'Wat?'

'Je hebt naar me geluisterd.'

'Wen er maar niet aan,' grinnikte hij. 'Ik houd de illusie van selectieve doofheid graag in stand.'

Andrea gaf hem een speelse duw.

'Wil je nog?' vroeg hij.

'Wat denk je zelf?'

'Na u dan, Vrouwe.' Haar hart maakte een klein sprongetje. Vrouwe, die aanspreektitel beviel haar wel. Hij hield de deur voor haar open, liet haar passeren en groette de jongedame achter de balie.

'Tweemaal?' vroeg het meisje.

'Tweemaal,' zei Leonard.

'Mag ik u wijzen op onze tijdelijke tentoonstelling in de onderste gewelven? Er hangen verschillende werken van binnen- en buitenlandse meesters die nooit eerder samen zijn gepresenteerd. Het is werkelijk een unieke collectie, met als onderliggende thematiek het verlangen naar het onbereikbare.'

'Klinkt goed,' zei Andrea, voor het gemak even negerend dat het meisje blijkbaar de aankondiging uit haar hoofd had geleerd. 'Zullen we daar zo heen gaan?'

'Het is jouw dag,' zei Leonard. 'Als jij daarheen wilt, dan ga ik met je mee.'

'Je bent te goed voor me,' zei Andrea.

'En jij bent, als altijd, te bescheiden.'

Leonard betaalde en Andrea bekeek de grote hal. Het zonlicht werd gefilterd door enorme glas-in-lood ramen en streelde een paar enorme schilderijen die landelijke taferelen toonden. Andrea had het gevoel dat ze bijna door de lijst heen kon stappen om in een fantastische wereld terecht te komen.

'Waar wil je als eerste heen?' vroeg Leonard.

'De trap op.'

De leuning was verguld en versierd met krullen en plantvormen.

'Moet je zien hoe kunstig dit gemaakt is.'

'Dit is ook echt weer iets voor jou,' grinnikte Leonard. 'Gaan we naar een museum om kunst te bekijken en dan vind jij het gebouw zelf veel interessanter.'

'Maak je geen zorgen, ik beloof boven volledig op te gaan in de schilderijen.'

'Goed zo.'

Zodra de deur achter me sluit, begeven mijn knieën het en ik land hard op de stenen. Ik ben op, leeg, terwijl er niets met me gedaan is. Nee, dat is niet waar. Wat voor spel speelt hij met me? Zal hij me de volgende keer wel aanraken? De duimschroeven gebruiken waar zijn marionet mee speelde, steeds aan de rand van mijn gezichtsveld? Ik begrijp het. Dit is precies wat hij wil. Mijn onzekerheid voeden tot de angst me te veel wordt. Het zal hem niet lukken. Ik zal alles weerstaan, alles wat hij me aandoet, alles wat zijn zieke geest bedenkt.

Misschien dacht hij dat ik makkelijker te breken was. Misschien dacht hij dat het voldoende was om mij het hoofd van Walthar te tonen. De arme wachtcommandant, gestorven in het harnas. Zijn dode ogen vertelden van rust. Hoe lang zal het nog duren voor ook mijn ogen die rust uitstralen?

Ik hoor geschreeuw, door de dikke muren heen. Ik ken de stem, al weet ik niet zeker aan wie hij behoort. Oh, die arme man! Ik loop naar de deur toe, maar ik weet dat ik niets voor hem kan doen.

Ik wist het op het moment dat Ikamser het land binnenviel, ik wist van de gruwelen die ons te wachten stonden. Ik heb gedaan wat ik moest doen.

Ik voel het schreeuwen van de man in mijn maag. Zal Ikamser mij ook geselen? Wat gaat hij met me doen? Hoe ver gaat hij in zijn zoektocht naar Eldaron en Janonath? En Milané? Wat zal hij met hen doen als... Nee. Ik moet zorgen dat ze veilig zijn. Ik wist wat ik deed toen ik mijn besluit nam en ik zal sterk genoeg zijn. Ik zal het uithouden zo lang als nodig is.

'Moet je deze aardbeien zien,' zei Leonard. 'Ik zou er wel een paar lusten.'

'Ik ook,' zei Andrea. 'Zou het al etenstijd zijn?'

'Op mijn werk had ik mijn boterhammen nu al op gehad,' zei Leonard. 'Er is een goed restaurant onder in het museum.'

'Laten we dat dan ook met een bezoek vereren,' zei Andrea.

Leonard bestudeerde de plattegrond. 'Het restaurant is volgens mij naast die tentoonstelling waar dat meisje bij de balie het over had, dat kunnen we meenemen in de loop.'

'Je zegt het maar, mijn lief.'

De grote trappen gaven Andrea weer een vorstelijk gevoel. Ze rechtte haar rug en daalde elegant de treden af, waarbij haar hand over het gladde hout van de trapleuning gleed.

De trap naar de keldergewelven was minder groots. De leuningen waren van versleten donker hout en ook de treden vertoonden sporen van de duizenden keren dat ze waren betreden.

'Zo, hier is het een stuk frisser,' zei Leonard. Andrea knikte. Het zonlicht drong hier niet door en het kunstmatige licht was gedempt.

'Bijna alsof je een kerker in loopt,' zei Leonard.

'Beklemmend,' zei Andrea. 'Ik hoop dat ze die schilderijen wel voldoende licht hebben gegeven, anders zien we er niks van.'

'Dat moet haast wel, als het zo'n unieke collectie is.'

Een bordje gaf aan waar de tentoonstelling begon en waar het restaurant zich bevond.

'Eerst nog wat geestesvoer?' stelde Andrea voor.

De zware deur naar de tentoonstelling toe piepte in zijn scharnieren.

'Het is hier al wat lichter,' zei Andrea.

'Gelukkig,' zei Leonard. Hij liet de deur los, die met een klap dicht viel.

Meteen voelde Andrea zich opgesloten. De geur van rottend stro en rattenuitwerpselen vulde haar neus en een wanhoop overviel haar. Ze zou nooit meer vrij zijn. Ze zou sterven in die kerker. In de verte schreeuwde een man. Een doodsangst nam haar lichaam over, een gevoel dat haar de adem benam. Er was iets gruwelijk mis.

'Wat is er?' Leonards stem kwam van ver, alsof hij niet van deze wereld kwam. Ze voelde haar knieën knikken. Leonards omhelzing voorkwam dat ze op de grond viel en bracht haar terug naar het heden.

'An, wat gebeurt er?'

'Ik... Ik werd even niet lekker, geloof ik.' Ze keek om zich heen. Alles was normaal. De gevoelens werden een vage herinnering, die steeds meer naar de achtergrond verdween.

'Misschien hadden we toch beter iets kunnen gaan eten,' zei ze met een lachje. 'Ik denk dat dat het is.'

'Ik hoop het maar.' Leonard bleef haar stevig vasthouden terwijl ze naar het restaurant liepen. 'Wil je nog steeds iets met aardbeien?'

'Reken maar!'

'En ben je nog duizelig?'

'Nee, helemaal niet meer. Ik voel me prima. Het zal de honger zijn geweest, misschien ook de kilte van die zaal. Ik weet het niet. Maar het gaat goed. Maak je geen zorgen.'

'Goed dan.'

Op het roterende glazen blad van de gebaksvitrine stonden twee aardbeiengebakjes te glanzen en Leonard bestelde ze onmiddellijk, samen met twee kopjes sterke koffie.

'Zullen we daar gaan zitten?' Hij wees een tafeltje in de hoek aan. Hoffelijk schoof hij Andrea's stoel aan en ging tegenover haar zitten.

'Weet je zeker dat het gaat?' vroeg hij.

'Ja, ik weet het zeker,' glimlachte Andrea. 'Ik voel me prima.'

De zoetigheid van het aardbeiengebakje verdreef de laatste restjes van het vreemde gevoel. De gouden bloemen van eerder die dag kwamen weer terug en Andrea grinnikte om Leonard, die een veel te grote hap in één keer naar binnen probeerde te werken.

Het idee dat ze zwanger zou kunnen zijn, kwam op in haar gedachten. Een broertje of zusje voor Jonathan en Melanie zou welkom zijn. Wie weet was het leuk om daar binnenkort eens over te praten, of aan te beginnen. Ze keek op naar Leonard om het onderwerp ter sprake te brengen, maar hij leidde haar af met een klein kistje.

'Lieverd, we zijn nu vijftien jaar samen en al elf jaar getrouwd. Ik heb iets voor je gekocht omdat ik je wil laten weten dat ik nog steeds net zo veel van je hou als vijftien jaar geleden. Misschien zelfs nog wel meer.'

Andrea nam het kistje voorzichtig van hem over en opende het deksel. Een zilveren vlinder lag op een bedje van donzige watten. De randen van de vleugels waren versierd met diamantjes van verschillende grootten. De vlam van het kaarsje op de tafel werd erin weerkaatst en wierp kringen van kleine lichtjes in het rond.

'Leo, dank je wel!' Haar ogen volgden hem toen hij opstond en naar haar toe liep.

'Er zit een kettinkje bij.' Hij nam het kistje van haar over, pakte de ketting eruit en legde hem teder om haar hals.

'Hij is echt prachtig.' Ze voelde zijn adem langs haar oor strijken.

'Hij haalt het niet bij jou,' fluisterde hij.

Ik schrik van het geluid van de sleutel in het slot. Mijn knieën zijn stijf en pijnlijk, maar ik wil staan als hij binnenkomt. Ik wil geen enkel teken van zwakte laten zien.

Vandaag zal ik niet gespaard blijven. Ik weet het zeker. Hij wil weten waar ze zijn en hij denkt dat ik dat geheim prijs zal geven.

Geen woord. Geen enkel woord.

Het licht van de kaars is fel, ik ben een moment verblind. Ogen open houden. Sterk zijn.

Zijn hand is als een bankschroef om mijn bovenarm, maar ik geef geen kik. Dit is nog niks. Ik weet waar de beulen toe in staat zijn. Ik haatte het als Eldaron bevel gaf om dit soort praktijken uit te voeren, omdat ik weet wat er zich in deze kerker bevindt. Ikamser heeft de collectie ongetwijfeld uitgebreid.

Mijn ogen wennen aan het licht. Ik ken deze donkere, gewelfde gang. In een nis hangt onze hoofdlakei, aan ketens om zijn polsen. Hij is meer dood dan levend. Ik realiseer me dat ik hem gisteren heb gehoord. Ik mag niet laten merken hoezeer het me raakt. Ik wist het. Ik weet het. Ik gun ze de overwinning niet. Mijn man en kinderen zijn veilig. Ik hou vol. Voor hen.

Het mannetje van Ikamser neemt me mee naar een cel in de krochten van de kerkers. Ik ben hier volgens mij nog nooit geweest. Het stinkt.

Ikamser zit aan een tafel, hij ziet me binnenkomen en lacht zijn perfecte gebit bloot. Tegenover hem zit een andere man, ik zie alleen zijn achterhoofd. Langzaam draait hij zich om. Als ik hem herken, voel ik een haat die ik nog nooit eerder heb gevoeld. Geronthar.

'Nee maar, schoonzusje van me,' zegt hij. Ineens snap ik alles, maar laat niks merken.

'Geen verrassing,' zegt hij. 'Bijzonder. Had je me al verwacht? Wellicht. Ga zitten.' Zijn kalmte is walgelijk. Omdat ik niet in beweging kom, word ik hardhandig op de stoel naast Ikamser gedrukt, die naar me grijnst alsof hij een goedkope hoer uitzoekt.

'Het is ook wel heel klassiek, dat geef ik meteen toe,' zegt Geronthar. 'De jongere broer die jaloers is op alles wat zijn oudere broer, de troonopvolger, krijgt. Het bestuur van het koninkrijk, landerijen, rijkdommen. Een prachtige vrouw. En dat alles is nu binnen mijn bereik.'

Ik kijk hem aan. Zijn blik verraadt onverholen lust. Is hij daar nu nog steeds niet overheen?

'Ik bied je je leven, Denara. Ik bied je je oude leven, als koningin. Ik bied je alles wat je maar wilt. Ikamser zal weer naar zijn hoofdstad gaan en wij zullen in zijn naam regeren, stadhouders zijn van dit prachtige land.'

Ik wil hem de huid vol schelden. Ik wil hem naar de diepste krochten van de hel wensen, deze verrader, deze vuillak! Dit monster.

'Reageer je niet?'

Ik slik. Ik moet beheerst klinken, kordaat. Sterk. 'Ik luister. Ik heb nog niks te zeggen.'

114

'Zie je!' lacht hij. 'Daarom heb ik jou nodig aan mijn zijde. Ik kan je leven redden, Denara. Koningin Denara, naast koning Geronthar. We zullen geweldig zijn, wij samen. Dat weet je net zo goed als ik. Geef je oude leven op. Vertel ons waar je Eldaron en je kinderen verborgen hebt en word mijn koningin.'

Ik kijk hem aan en probeer de spot uit mijn ogen te weren. 'Waarom heb je hen nog nodig? Je hebt alles wat je wilt, toch?'

Zijn hand komt met een harde klap op de tafel neer. 'Doe niet of ik dom ben! Eldaron heeft de eerste rechten zo lang hij leeft, net als Janonath en Milané en al het gespuis dat nog uit hen voort zal komen.'

'Let op je woorden,' zeg ik. Ik zou hem het liefst zijn nek omdraaien. Nooit gedacht dat ik dit soort gevoelens ooit zou koesteren. 'Je hebt de macht in handen. Dan verander je de wet toch?'

Een stap te ver. Ik zie het in Geronthars ogen en aan Ikamsers lach. Ikamser gebaart zijn klerenkast dichterbij te komen en de man slaat me. Ik val net niet van de stoel en ik proef bloed. Mijn wang brandt.

'Speel geen spelletjes, Denara. De wet veranderen heeft geen zin, dat weet je. De koninklijke lijn is te goed beschermd.'

Ikamser houdt zijn mannetje in de buurt en op zijn teken komen er nog een paar binnen. Ik ruik hun zweet. Sommigen dragen maskers.

'Ik vraag het maar één keer vriendelijk, Denara. Geef ons de informatie die we willen hebben en trouw met me.'

De kleerkasten komen dichterbij. Degene die me net sloeg, heeft duidelijk zin in meer. Hij laat zijn knokkels kraken. Ik kijk Geronthar recht aan. Dit keer weet ik zeker dat mijn stem luid en duidelijk zal klinken.

'Nooit.'

Andrea werd met een schok wakker. Een geluid echode na in haar oren, maar ze kon het niet plaatsen. Haar hart ging als een razende tekeer. Ze slikte de metaalachtige smaak in haar mond weg.

Naast haar lag Leonard rustig te slapen. Ze sloeg de dekens voorzichtig weg en liet zich uit bed glijden zonder hem wakker te maken. De eerste stappen de slaapkamer uit waren ongemakkelijk. Haar knieën voelden beurs en pijnlijk, maar er was niets te zien. Ook haar rug was stijf en haar wangen gloeiden. Zou ze griep krijgen? Ze streek met haar hand over haar voorhoofd, maar die was niet warmer dan normaal, eerder koel. Misschien had ze gewoon verkeerd gelegen. Maar ook op haar polsen? Ze draaide met haar handen en knakkend schoten alle botten weer op hun plaats. Het zou wel bijtrekken allemaal. Het was nog vroeg.

De zon kwam op van achter de huizen van de stad, de ochtend was net begonnen. Zou één van de kinderen dat rare geluid hebben gemaakt?

Jonathan lag nog te slapen. Hij had zijn dekens in de nacht volledig losgewoeld en lag op zijn buik alsof hij voorover zijn bed in was gevallen. Zijn donkere krullen bedekten het grootste deel van zijn gezicht. Een haarlok bewoog mee met zijn ademhaling.

Ook Melanie was nog volledig in dromenland. Ze lag opgerold in haar bed, haar lange haren als sterrenpunten over haar kussen gedrapeerd, een losgeraakt haarlint ernaast. Haar knuffel lag stevig in haar armen geklemd, als een laatste houvast. Andrea hoopte dat ze haar knuffel nooit daadwerkelijk als laatste houvast hoefde te gebruiken.

Beelden van oorlogen drongen zich aan haar op. Vuren brandden, geschreeuw en doodskreten vulden de lucht. De angst in de ogen van haar kleine meisje zorgde voor een brok in haar keel.

Snel zette Andrea de gedachten stop. Melanie was veilig, in haar bed, in de roze prinsessenkamer. Andrea ging naast haar op het bed zitten en streelde haar dochtertje over haar haren. Melanie haalde diep adem en legde haar hand op Andrea's schoot.

'Zijn we thuis, mam?' vroeg ze zacht.

'Ja, we zijn thuis.'

'Gelukkig. Dan droomde ik dat we heel ergens anders waren.' Ze kwam overeind en keek haar moeder aan. 'Gisteravond was leuk, hè? Dat opa en oma nog even bleven toen ze ons naar huis brachten.'

'Het was heel erg leuk,' zei Andrea. 'Ik heb een heerlijke dag gehad gisteren.'

'Ik ook,' zei Melanie. 'Mag ik de vlinder nog eens zien?'

'Hij ligt nog op mijn nachtkastje. Maar als je heel voorzichtig bent en papa niet wakker maakt, mag je hem wel even pakken.'

Melanie sloop als een kat haar slaapkamer uit. Andrea trok de lakens recht en legde de knuffel naast Melanies kussen. De gloed van zon maakte het roze van de gordijnen nog intenser.

De onrust van het ontwaken trok langzaam weg. Andrea legde wat speelgoed in de grote kist en zocht vast een jurk uit. Melanie huppelde de kamer in met de vlinder in haar hand.

'Papa snurkte een beetje,' grinnikte ze. Ze sloeg haar armen om Andrea heen. 'Mag ik bij je op schoot?'

'Kom maar,' zei Andrea terwijl ze op Melanies bed ging zitten. Melanie klauterde op haar schoot en vleide zich warm tegen haar moeder aan.

'Hij is echt mooi, hè mam?'

'Prachtig.'

'Hij lijkt wel roze door de gordijnen. Schijnt de zon al?'

'Ik denk het. Doe het gordijn maar open, dan zie je het wel.'

Melanie kroop over het bed, waarbij Andrea's opmaakwerk totaal verloren ging. Het meisje opende de gordijnen en plofte terug op het bed.

'Mama, moet je kijken wat mooi!'

'Izzedaldag?' Jonathan kwam gapend naar binnen, met een hoofd vol alle kanten op springende krullen.

'Jonathan!' joelde Melanie. Ze sprong van het bed af en klemde haar armen vrolijk om de heupen van haar broer heen. Hij stak een halve torso boven haar uit en kroelde door haar haren.

'Goeiemorgen, Mel,' zei hij. 'Waar is papa?'

'Die snurkt nog,' zei Melanie. 'Zullen we hem wakker maken?'

'Wel lief!' waarschuwde Andrea nog, maar broer en zus stoven al de slaapkamer uit. Even later hoorde ze de warme bas van Leonards stem, die gelukkig niet knorrig klonk.

'Mam, mogen we in de tuin eten?' Jonathan stak zijn hoofd om het hoekje van de deur. 'Het is geweldig weer!'

'Lieverd, het is pas net voorjaar.'

'Dan trekken we onze jas toch aan? En als we nou gewoon hele hete thee drinken? Dan kan het wel toch? Melanie wil het ook en van papa moesten we het aan jou vragen.'

Melanies hoofd verscheen onder dat van Jonathan. 'Ja, mam, als-jeblieft?'

'Wat vind je ervan?' Leonards gezicht kwam ook om het hoekje.

Melanie lachte. 'We zijn net een Hydra!'

'Maar mag het nou, mam?' vroeg Jonathan.

'Ik vind het goed,' zei Andrea. 'Maar dan wel de oude jassen aan. Ik zie jullie de vruchtenjam al in je mouw smeren in plaats van op je brood, daarmee kunnen we op school niet aan komen natuurlijk.'

Melanies hoofd verdween prompt. Andrea hoorde haar de trap af rennen.

'Ho! Eerst aankleden, jongedame! In je nachtjapon weten we zeker dat je ziek wordt!'

Mokkend klauterde Melanie de trap weer op, maar de donder-wolkjes waren volkomen verdwenen toen ze even later in jurk en jas op het bankje in de tuin zat, met een mond vol brood met jam en een stomende mok thee voor haar neus. Jonathan zat genietend naast haar en blies de wolkjes van zijn thee, met beide handen rond zijn mok gevouwen. De zon won aan hoogte en zette Jonathans haren in een gouden gloed die verrassend goed kleurde bij zijn amberkleurige ogen.

'Wat staar je naar me, mam. Heb ik jam op mijn wangen?'

'Nee, lieverd. Ik zat gewoon even naar je te kijken. Ik wilde dat ik dit beeld vast kon leggen.'

'Kon je nu maar schilderen, hè?' grinnikte hij.

'Ik kan je niet helpen,' zei Leonard. 'Schilderen komt bij mij niet verder dan deurposten en kozijnen.'

'Konijnen?' vroeg Melanie. 'Mag ik een paarse?' Ze begon zo hard te lachen dat ze haar theemok scheef hield, waardoor de helft van de inhoud op Jonathans pantalon terecht kwam. Hij sprong zo snel op dat hij tegen de tafel aan stootte, waardoor ook Leonards theemok omkieperde en de lepel uit de jampot viel. Een kwak rode plakkerig-heid werd naar Melanie gelanceerd en landde precies op de bovenste knoop van haar jas.

Andrea voelde haar hart een duikeling maken en de kinderen ke-ken haar met grote, bange ogen aan. Op dat moment begon Leonard te lachen. 'Maar goed dat er oude jassen bestaan.'

'Nou en of,' zei Andrea, die nu ook moest grinniken. 'Alleen jammer van de pantalon. Heb je je gebrand?'

'Nee hoor, mam,' zei Jonathan. 'En hij is zwart, het valt niet op. Dan hoef je niet extra te wassen.'

'Dat is fijn. Goed. Nog maar een nieuwe ronde thee dan?'

Met een schok schrik ik wakker en meteen voel ik vlammende pijn in mijn polsen. Ik weet het weer. Ikamser heeft me laten vastzetten. Ik hang meer dan dat ik sta en ik denk dat er een straal bloed langs mijn onderarm naar beneden loopt. Ja. Warm vocht glijdt zich een weg naar mijn oksel. Ik probeer de last te verlichten, maar mijn benen weigeren in eerste instantie mijn gewicht te dragen. Maar ik wil het. Ik moet. Langzaam weet ik mijn benen onder mijn heupen te krijgen en mijn knieën te strekken.

Angst welt op in mijn buik. Ik ben bewusteloos geweest. Hebben ze van die tijd gebruik gemaakt om me onder bezweringen te brengen? Kan ik nog wel vrijuit denken? Mijn gedachten willen dadelijk naar mijn man en kinderen vliegen, maar ik moet aan iets anders denken. Eh... Een boom! Met eekhoorntjes! Taart! De ratten in deze kerker, die knagen aan het brood dat ik vaag kan onderscheiden vlak naast de deur. Ik kan er niet bij, maar ik vind het niet erg. Nu de ratten eraan hebben gezeten, hoef ik het niet meer.

Wat als er inderdaad bezweringen op me zijn losgelaten? Wat als ze al weten waar Eldaron en de kinderen zijn? Nee! Niet aan denken! Laat het los, denk iets anders! Ze mogen er niet achter komen, dan is alles verloren!

Wat als ze het al weten? Wat als mijn plan niet heeft gewerkt? Jano, Milané, nee! Ze moeten veilig zijn! Het moet!

Ik kan geen contact zoeken. Ikamser zal er meteen een magiër op zetten en dan zijn ze alle drie verdoemd. Ik ben alleen. De vragen blijven mijn geest ranselen.

Voor het eerst voel ik me verloren. Ik wist dat het zwaar zou zijn, maar vanuit het comfort van mijn eigen kamers leek het een stuk draaglijker dan het in werkelijkheid is. Maar het is het waard. De koninklijke bloedlijn overleeft. Ik geef Eldaron en de kinderen de kans te ontsnappen.

Nee, niet aan denken! Ze mogen het niet ontdekken! Zoek afleiding! Doe iets!

Ik denk aan de zilveren vlinder. Ik zie hem zo voor me, met de ongelijke vleugeltjes en de diamanten langs de rand. Klein en elegant. Afleiding.

Ik kan mijn handen amper draaien in de ketens. Ik klem mijn tanden op elkaar en probeer mezelf zo lang mogelijk te maken, om een beetje speling in de kettingen te krijgen. Mijn schouders doen pijn. Negeren. Dit gaat me helpen.

De magie die ik oproep, voelt als een warme golf. Ik heb het idee dat de energie ook buiten de cel te voelen moet zijn.

De kracht is overweldigend, maar het blijft rustig in de gang. Mijn zicht wordt beter. Ik bevoel de ruwe stenen in de muren met mijn geest en betast de plek waar ik de vlinder wil laten ontstaan. Daar zal ik hem altijd kunnen zien, of ik nu hang of zit, of zelfs lig.

De energie wordt sterker. Als nu iemand binnenkomt, zal ik ter plekke worden gedood. Die wetenschap geeft me alleen maar meer kracht.

Een zwakke zilveren gloed schijnt in het duister. De steen verzet zich een moment, om zich daarna te onderwerpen aan mijn wil. Kleine lichtjes fonkelen aan de rand. Het lijkt op een onregelmatig klavertje vier, tot ik het diamantje aanbreng dat het lijfje van de vlinder vormt. Ze bestaat. De vlinder waakt vanaf nu over mij. Ik voel de energie uit mijn lichaam wegebben, samen met alle kracht die ik eerder nog wel had. Mijn benen begeven het, ik hang weer zwaar aan mijn polsen en mijn armen schieten bijna uit hun kom. Tranen lopen onwillekeurig over mijn wangen, maar ik kijk naar de vlinder. Het komt goed. Ik zal sterk blijven.

Op de gang hoor ik voetstappen. Ik ben te moe om op te kijken als de deur open gaat. Aan de geur te ruiken is het hetzelfde misbaksel als altijd, met zijn dikke wenkbrauwen en huid vol littekens van een puisterige jeugd.

Zonder iets te zeggen trekt hij ruw de ketting los van de muur. Mijn armen vallen meteen naar beneden, ik heb nog net de tegenwoordigheid van geest om mijn hoofd opzij te trekken. Het gewicht van de ketens trekt mijn schouders bijna uit de kom. Er is geen tijd om bij te komen. Ik word de cel uitgetrokken, op benen die dadelijk inzakken nu ze mijn volle gewicht weer moeten dragen. Ik val. Oude wonden springen open. De man kijkt niet op of om, hij sleept me mee. De stof van mijn jurk scheurt, mijn huid schuurt over de stenen vloer. Ik probeer mee te krabbelen, de schade te beperken, maar hij geeft me de kans niet om te gaan staan. Ik word meegesleurd als een koppige, lamme ezel. In niets meer de koningin die ik ooit was. Ikamser heeft blijkbaar het bevel gegeven dat ik niet langer goed behandeld hoef te worden. Of zal Geronthar dat hebben gedaan? Ik denk het. De verrader. Als ik de kans krijg...

Er staat iemand in de ruimte. Zijn ogen gaan schuil onder een kap. Hij laat zijn knokkels knakken en knikt naar de man die mijn ketenen vast houdt. Midden in de cel staat een stevige, eikenhouten tafel. Ik herken hem en sluit mijn ogen een moment.

Volhouden. De vlinder. Lente. Mijn liefde. Mijn kinderen.

Het hout is akelig warm. Heeft er net voor mij iemand ook in deze positie gelegen? Ik voel iets nats, iets kleverigs. Het zal mijn eigen bloed zijn. Het kan me niet schelen. Mijn polsen en enkels worden vastgebonden met snijdende touwen. Doe mijn hals liever, dan werp ik me van de tafel en sterf ik makkelijk.

Mijn nek blijft vrij. Jammer.

'Je weet wat ik je kom vragen,' zegt de nieuwe man. Zijn stem is zoet, zalvend. Je zou bijna geloven dat hij het beste met me voor heeft. 'Vertel waar de koning, de prins en de prinses zijn. Jij hebt hun vlucht mogelijk gemaakt.'

'Ik weet niets,' zeg ik.

'Ik geef je nog een laatste kans,' zegt hij poeslief. 'Ik zal de waarheid uit je trekken, hoe je het ook wendt of keert. Je bespaart jezelf veel... ongemak als je nu vast zegt wat je weet. Je kunt pijnloos sterven, Vrouwe.'

Ik zwijg. Hoe hij de titel uitspreekt, met zo veel minachting. Ik krijg er bijna kippenvel van, maar dat genoegen gun ik hem niet.

Ik zie een flits in mijn linkeroog. Een vuur wordt aangestoken. Ik ruik brandend hout. Het is een bekende geur, alsof ik in mijn vertrekken zit op een koude winteravond, terwijl in de haard de vlammen dansen en knapperen tijdens het lezen of borduren.

De man met de zoete stem pakt er een stoel bij en maakt het zich gemakkelijk. De geur van het vuur mengt zich met de geur van versgebakken brood en spek. Ik voel mijn maag reageren en hoop dat niemand het hoort. In de vuurkorf laait het vuur op. De schaduwen spelen met de aanwezigen in de ruimte en maken hun gelaatstrekken monsterlijk en onvast. Ikamsers mannetje steekt lange staven metaal in het vuur. De Ondervrager, zoals ik hem nu maar noem, neemt een te grote slok rode wijn. Het lijkt of er bloed vanuit zijn mondhoeken naar beneden loopt. Ik kijk stug naar het plafond. Jammer dat ik daar geen vlinder kan creëeren. Een idee vormt zich achter in mijn brein. Ik moet het loslaten, voordat ze merken dat mijn gedachten een fijne kant op gaan.

Het is te rustig. Ikamsers mannetje scharrelt wat rond in de buurt van het knapperende vuur. Ik voel de hitte al. De Ondervrager eet rustig door, af en toe smakt hij opzettelijk. Ik weet dat hij mijn geest wil breken. Toch lief dat ze het voorzichtig opbouwen. Zou Geronthar hoop koesteren dat ik misschien toch nog op zijn belachelijke voorstel in ga? Een koningin met littekens zal hij vast niet willen.

Er komt een blaasbalg tevoorschijn, het vuur laait nog intenser op. Ik hoor metaal. Dat gaan ze dus doen. Ik dacht het al. Mijn hart begint sneller te slaan. Ik wil de angst niet laten zien.

Zou Ondervrager een magiër zijn? Ik weet het niet... Ik heb hem mijn wezen niet voelen aftasten, maar als hij begaafd is... Misschien heeft hij het al gedaan. Ik weet niet precies wat er allemaal met mij gebeurd is nadat ik Geronthar afwees.

Ik zie in zijn ogen een zweem van opwinding. Hij legt zijn bijna lege bord weg en veegt wat kruimels van zijn zwarte gewaad.

'Nu, dan komen we ter zake. Waar is koning Eldaron?'

Ik zeg niets. Een gloeiende pook wordt uit het vuur gehaald.

'Waar is kroonprins Janonath?'

De pook komt dichterbij. Het gezicht van Ondervrager wordt in een rode gloed gezet. Het mannetje van Ikamser is lelijk als de nacht in dit licht.

'Waar is prinses Milané?'

De Ondervrager trekt met een onverwachte felheid mijn gescheurde rokken aan de kant. Ik voel dat mijn benen bloot komen te liggen. De warmte van de pook komt steeds dichter bij mijn dijen.

'Geef antwoord!'

Ik pers mijn lippen strak op elkaar. Ik zie Ondervrager uit zijn ooghoek een teken geven. De pijn doet mijn lichaam schokken, maar ik kan door de touwen geen kant op. De pijn in mijn polsen en enkels valt in het niet bij de hitte op mijn benen. Ik ruik verbrande haren en huid, ik bid dat mijn rok niet vlam vat. Een kreun ontsnapt me, terwijl ik zo hard probeer geen geluid te maken.

Ik zie de pook weer, schuin onder de lelijkerd. De pijn vermindert niet.

'Ik geloof dat ze de vraag niet heeft begrepen,' zegt Ondervrager. Ik zou die lieflijke grijns van zijn kop willen rossen. Hij pakt een mesje en snijdt het lijfje van mijn jurk open. Zonder aarzeling trekt hij de stof opzij. Ook mijn onderjurk gaat eraan, alles verdwijnt. Ze keren me zonder pardon op mijn buik. Het hout snijdt in de brandwonden op mijn bovenbenen en buik.

'Nieren,' zegt Ondervrager zacht. Ik zie de gezichten van mijn liefsten voor me. Voor hen zal ik alles doorstaan. De hitte komt dichterbij. Diep ademhalen. Diep...

Jonathan lag met glanzende oogjes naar de plaatjes van het boek te kijken. Ook al vond hij zichzelf al heel volwassen, zodra Andrea het grote voorleesboek erbij haalde werd hij weer net zo jong als Melanie en ging volledig op in de verhalen.

'Dit was echt een mooi verhaal, mam,' zuchtte hij toen Andrea "en Zandar verdween, terug naar het duister waar hij vandaan kwam" had uitgesproken. 'Ik hoop dat het morgen weer zo'n gaaf verhaal is.'

Andrea glimlachte. 'Ik ben ook benieuwd wat het boek morgen voor je in petto heeft.'

'Welterusten, mam.'

'Welterusten, lieverd.'

Melanie lag te slapen, haar knuffel losjes in haar handen. Buiten begonnen de kikkers te kwaken. De lente zette door, ook al waren de nachten nog koud.

Andrea liep naar beneden. Het geluid van knapperend vuur verbaasde haar.

In de woonkamer draaide Leonard zich breed lachend naar haar toe. 'Leek me wel gezellig, even samen bij het haardvuur.'

'Heerlijk,' lachte Andrea.

'Per slot van rekening zijn we vandaag precies elf jaar getrouwd.'

'Dat is waar. Gefeliciteerd schat.' Andrea gaf Leonard een kus.

'Gefeliciteerd.'

'Zal ik thee maken?'

'Lekker.'

Andrea liep naar de keuken, zich realiserend hoe gelukkig ze was. In de ketel borrelde het water er lustig op los. Voorzichtig pakte ze het hengsel met een dikke doek van de haak en schonk het kokende water in een kleinere kan. De droge thee in het kistje geurde sterk. Andrea schepte een klein beetje in een zijden zakje en hing het in de kan, die ze naast twee mokken op een dienblad zette. Ze baalde dat ze geen gebak in huis had gehaald.

Leonard stond met zijn rug naar haar toe in het vuur te porren. Op het moment dat hij zich omdraaide, was hij een ander. Een man met een gehavende huid en dikke, borstelige wenkbrauwen. De gloeiende pook die hij in zijn handen had, kwam op haar af. Ze gilde en liet het dienblad vallen. De geur van verbrande huid drong door in haar neusgaten. Ze kon de pook niet tegenhouden, de hitte brandde haar huid, schroeide haar vlees. Zoveel pijn. Ze hapte naar adem. Het duister slokte haar op, als het duister in de kelder van het museum. Wanhoop. Wanhoop en pijn. Verder niets.

'Andrea, wat is er?' Leonard zat bij haar op de grond en keek haar onderzoekend aan, zijn hand op haar schouder.

'Leo,' stamdelde Andrea. Ze kon bijna niet geloven dat ze in het gezicht van haar man keek. Ze viel hem om de hals en drukte hem stevig tegen zich aan, om zeker te weten dat hij het was. Zijn geur was vertrouwd, zijn aanraking maakte haar rustig.

'Wat is er toch, lieverd? In het museum werd je ook al niet lekker. Wat heb je?'

'Niks. Ik schrok gewoon of zo. Niks aan de hand.'

'Weet je het zeker? Moet ik een genezer roepen?'

'Nee, ik voel me goed. Wil je me nog even vasthouden?' Andrea legde haar hoofd op zijn schouder. De angst was nog wezenijk aanwezig in haar buik en ze voelde haar benen en rug kloppen, alsof ze geslagen was. Leonard streelde zacht over haar armen en kuste haar liefdevol.

'Het gaat wel weer,' zei ze. 'Oh, wat een rotzooi.'

'Ik zal je helpen.'

'Graag.'

Het gezicht met de zware wenkbrauwen achtervolgde haar terwijl ze de scherven opruimden.

Ik voel de vlinder meer dan dat ik hem kan zien. Ik wil zo weinig mogelijk bewegen, zodat mijn wonden niet opnieuw open springen. Ik voel me smerig. Korsten van opgedroogd bloed, pus, ik wil het niet weten. Ik ben blij dat het grootste deel van de brandwonden geen pijn meer doet. De schade heeft mijn huid verdoofd, denk ik. De restanten van mijn kleding liggen in de hoek; ik kan geen aanraking op mijn huid verdragen.

Maar de vlinder geeft me kracht. De vlinder geeft me hoop. Voorzichtig stop ik alle magie die ik kan verzamelen erin. Ik neem de tijd. Ik zal het volhouden. Ondervrager kan alles met mijn lichaam doen, maar mijn geest blijft van mij. Ik heb niets gezegd. Niets.

Toch klopt de angst als een tweede hart in mijn borst. Ik weet niet hoe lang ik hier al ben. Toch wel minstens vijf dagen. Toch? De boot moet inmiddels zijn aangekomen. Nee, niet aan denken. De magie. Ze mogen niks merken. Niks. Ze moeten veilig zijn. Helemaal veilig.

Ik denk ineens aan stormen. Stormen en zeemonsters. Onwillekeurig moet ik rillen, ik voel wonden opensplijten. De wonden op mijn pols kloppen. Er zal ongetwijfeld roest aan de ketenen hebben gezeten, die nu in mijn lichaam zit en me ziek maakt.

Het maakt niet uit. Verteer me maar. Laat mijn lichaam wegrotten, laat me vergaan tot stof, tot pijn, tot leegte. Het maakt allemaal niet uit. Ik heb mijn best gedaan. Ik doe nog steeds mijn best. Meer kan ik niet.

Echt niet? Heb ik echt alles gedaan? Heb ik ze goed genoeg verborgen? Heb ik mijn gedachten puur en zuiver gehouden? Wat als ik wel aanwijzingen heb gegeven? Ik heb geen woord gezegd, maar wat als Ondervrager gedachten kan destilleren uit mijn hoofd? Heeft hij niet alleen de pook op me af gestuurd, maar ook gedachtentrekkende magie? Ik weet het niet. Ik hoop het niet. Ik hoop het echt niet.

Mijn gedachten malen continu door mijn hoofd. Was het genoeg? Heb ik ze echt kunnen redden? Of was het een wanhopige en tot mislukking gedoemde poging? Wie zegt me dat ze niet zijn opgepakt, drie mijlen uit de kust? Of zijn vergaan in een storm? Tranen springen in mijn ogen. Ik weet niets! Niets! Was ik maar dood. Niets voelen, niets denken, nooit meer de angst die aan me vreet.

De vlinder glanst op de muur. Ik hou me eraan vast. Zo lang die vlinder glanst, moet er hoop zijn. Ik heb het juiste gedaan. Ik heb mijn gezin gered, ik heb de koninklijke lijn bewaard. Ik heb ze op tijd laten ontsnappen en Ikamser lang genoeg op afstand gehouden met mijn magie om ze alle kans te geven hier weg te gaan. Het moet gelukt zijn. Het moet! Als ik daar niet meer in geloof, dan heeft niets meer zin. En zolang ik ondervraagd word, zijn ze niet gevonden. Hoe erger de martelingen, hoe minder Ikamser en de zijnen weten. Hun wanhoop betekent hoop voor mij. Zorgvuldig zend ik nog wat magie naar de vlinder.

Mijn gedachten zwerven naar Geronthar. Ongelooflijk dat hij zo jaloers was op Eldaron dat hij ons land, zijn eigen geboortegoed, op een presenteerblaadje aan Ikamser heeft geschonken. We begrepen al niet hoe Ikamser langs elke verdedigingslinie kwam, hoe hij zo makkelijk alle hinderlagen ontweek en ons op onze enige zwakke plek wist te raken. Met de kapitein van onze strijdmachten aan zijn zijde was het natuurlijk kinderspel.

Voetstappen. Komen ze naar mij toe? Is het eten? Ik snak naar water. Het maakt me niet eens uit of ze het uit het riool hebben geschept of niet.

De sleutel. Het piepen gaat nog altijd door merg en been. Snel verbreek ik de verbinding met de vlinder en hoop maar dat niemand het zilver ziet.

'Moet je nou eens kijken wat we voor je hebben,' zegt Geronthar. Ik had niet gedacht zijn tronie ooit nog te zien. Hij grijnst naar me.

Ik zie dat hij geniet van hoe ik er nu bij lig. Mijn trots wil er iets aan doen, maar ik kan het niet.

Nu pas zie ik wat hij in zijn hand houdt. Hij ziet dat ik het zie. 'Gevonden in het water,' zegt hij. 'Hier, geniet er maar even van.' Hij gooit het haarlint naar binnen. Ik zie meteen dat het van Milané is. Ik snak naar adem. De deur valt zwaar in het slot, Geronthars lach echoot na in mijn oren. Hebben ze haar gevonden?

Het kost me ettelijke pogingen om het haarlintje te pakken. Als ik het satijn in mijn handen heb, schieten de tranen in mijn ogen. Ik voel Milané's essentie er in. Als ik diep ademhaal, kan ik haar geur nog ruiken.

Ik kan in het duister de kleur niet goed zien. Welke kleur haarlinten had Milané in toen ze... Ik weet het niet zeker. Is dit donkerblauw? Volgens mij had ze geen donkerblauw lint in. Toch?

Als ze Milané hebben gevonden, wat dan? Ik voel de tranen alweer opkomen. Mijn mooie meisje, in handen van die barbaren! Ik kokhals als ik eraan denk wat ze haar aan kunnen doen, wat ze met haar lichaam kunnen doen. Nee. Nee, dat mag niet!

Welke kleur had ze in haar haren? Kan het dit lint zijn?

Het hoeft niet te betekenen dat ze Milané hebben gevonden. Zelfs als dit lint uit de zee komt, dan kan het los zijn geraakt en zijn aangespoeld. Hoe staan de stromingen deze tijd van het jaar? Zou een verdwaald haarlint naar deze kust spoelen? Hoe komt Geronthar erbij dat ze het lint in het water hebben gevonden? Een goede gok? Ik voel geen zeewater in het lint. Proberen ze me gek te maken? Gek van onzekerheid?

Mijn blaas doet pijn. Ik heb water nodig, veel water. Ik voel me ziek. Ik rol het lint op rond mijn vinger en haal het er weer af. Om en af. Om en af. Het geeft me rust. Eventjes.

Als ze haar hebben, hebben ze Eldaron en Janonath dan ook? Mijn jongen, die zo stoer met een zwaard zwaait maar nog geen loden staaf kan buigen? Ik mis hem. Ik mis ze allemaal.

Het haarlint raakt alsnog doordrenkt met zout water.

De vogeltjes floten in de bomen, die ruisten in de zachte lentebries. Een eekhoorntje zette voorzichtig zijn pootjes op de grond en roetsjte daarna snel naar een andere boom.

Jonathan en Melanie speelden met een grote bal. Hun gelach vulde de open plek waar de familie was neergestreken. Andrea zat met Leonard op een pluizige witte deken. Een grote mand met lekkernijen stond bij hun voeten.

'Lekker dagje zo,' zei Leonard en hij strekte zich languit op de deken uit. Zijn hoofd lag in het gras, maar dat deerde hem niet.

Andrea ging naast hem liggen, met haar hoofd op zijn borstkas. Ze hoorde het ritme van zijn hart. 'Heerlijk,' zuchtte ze.

'Ik wou dat het elke dag zo kon zijn,' zei Leonard. Hij plukte een grassprietje en stak het in zijn mond.

'Ik vind het zo vies als je dat doet,' zei Andrea. 'Maar omdat het zulk lekker weer is en ik zo lui ben, vergeef ik het je.'

'Fijn,' grinnikte Leonard. Hij stak zijn kin demonstratief in de lucht. Andrea keek hem strak aan.

'Wat?'

'Als jij gekust wil worden, zul je toch echt dat ding uit je mond moeten halen.'

Leonard gooide dadelijk het sprietje in het gras en nam Andrea in zijn armen.

Melanie liet zich naast hen op de deken ploffen voordat ze hun kus ten uitvoer konden brengen. 'Mam! Jonathan heeft het eekhoorntje bijna gevangen.'

'Ik hoefde nog maar zo'n stuk!' riep Jonathan en hij spreidde zijn armen bijna helemaal uit.

'Dat geloof ik niet,' zei Leonard.

'Echt hoor, pap! Maar hij schrok van mijn schaduw.'

'Dat klinkt logisch. Eekhoorns zijn vaak bang van schaduwen.'

'Ik niet!' riep Melanie.

'Jij bent bang voor kikkers!' riep Jonathan.

'Nietes! Papa, Jonathan plaagt me.'

Voordat de sfeer zou omslaan, leidde Andrea iedereen af. 'Wie wil er taart?'

'Ik!' riep Jonathan. Melanie stak haar vinger zo hoog in de lucht dat het leek alsof ze een wolk wilde raken.

Leonard lachte. 'Dat zijn dan drie stukken,' zei hij.

'Vier,' zei Andrea. 'Ik wil ook natuurlijk.'

'Ik wil een stuk met aardbei,' zei Melanie.

'Dat komt goed uit, er zitten erg veel aardbeien op,' zei Leonard.

'Krijgen we dan allemaal een kwart?' vroeg Jonathan gretig.

'Dat lijkt me niet,' zei Andrea. Ze pakte het mes en sneed de taart in twee helften.

'Mam, wat doe je?' vroeg Melanie.

'Je bloedt!' riep Jonathan.

'Andrea...'

Het witte glazuur van de taart kleurde rood als de aardbeien.

Blijf erbij! Laat niet los! Ik mag niet verslappen! Ik ben er zo dichtbij! Vandaag lig ik op een bank zonder poten. Lekker laag bij de grond. Ik moet er een beetje om lachen. Waarom weet ik niet. Ondervrager loert naar me. Ik zeg niks. Ik voel niks meer. Of misschien voel ik alles. Ik weet het niet.

Hij probeert me uit de tent te lokken. De poken liggen klaar en hij heeft een wiel tegen de wand laten zetten. Ik weet waar hij dat voor wil gebruiken. Het zal hem niet helpen. Ik zeg niks.

Ik denk dat hij in de gaten heeft dat ik er niet ben ingetrapt. Hij is nog steeds bezig het antwoord uit me te peuteren. Peuter maar een eind weg, Ondervrager. Ik zeg niks.

Of zal hij me nu voor de lol onder handen nemen? Als straf voor het feit dat ik niks heb gezegd? Als ze Eldaron en de kinderen hebben... Wat als hij met zijn vingers knipt en ze slepen mijn dochtertje een cel uit, haar lichaampje kapot en mishandeld. Wat dan?

Vlinder. Denk aan de vlinder, die ik van de steen heb gehaald en nu in mijn handen ligt. De magie zal me verlossen. Ik hoop dat ik er genoeg in heb gestopt. Ik kan niet meer.

'Het is tijd, Denara. We hebben je dochter. We hebben haar gevonden. Als jij nu zegt waar haar broer en vader zijn, zullen we haar niet dezelfde behandeling geven als jou.'

Vlinder, alsjeblieft, blijf denken aan de vlinder!

Hij haalt een tweede lint van Milané tevoorschijn. Ik voel haar essentie, maar weer geen zeewater. Waarschijnlijk heeft hij de linten op haar slaapkamer gevonden. Slechte leugenaar.

'Geef het op, Denara!'

Voor het eerst wordt Ondervrager een beetje moedeloos. Ik hoor de frustratie in zijn stem. Ik vraag me af of Ikamser hém zal martelen als hij geen antwoorden kan krijgen. Hij is ook bang. Het sterkt me. Hij heeft Milané niet. Ik weet het zeker. Mijn gezin is veilig. Het kan niet anders. Als ze gepakt waren, had ik het geweten. Dan was het me onder mijn neus gewreven met meer dan een haarlintje.

Ondervrager beveelt iets. Ik hoor het niet. Ik wacht op mijn kans. Meneer dikke wenkbrauw maakt mijn enkels los en schuift twee balken onder mijn onderbenen. Daarna maakt hij me weer vast.

Ik weet wat er gaat gebeuren. Het wiel wordt van de muur gehaald. Bij het rollen hoor ik al hoe zwaar het ding is. Zorgvuldig zet Dikke Wenkbrauw het wiel klaar. Zijn collega helpt hem. Ondervrager kijkt toe met opeengeperste lippen en knikt dan.

Het kraken maakt me misselijk, maar de pijn valt me mee. Ik kan nooit meer lopen, besef ik ineens. De tweede kraak. Ik ben nu echt kapot. Ik lach. Het klinkt hol. Ik ben gek aan het worden.

De zon scheen door het raam. Andrea zat aan tafel. Nee, Andrea lag op bed.

Opnieuw. Ik kan het niet lang meer volhouden. Het moet goed. Het moet fijn!

De zon scheen door het raam. Andrea en Leonard lagen in bed, dicht tegen elkaar aan. Het was laat in de ochtend. Melanie en Jonathan speelden een spel, zittend op het kleed van de slaapkamer. Jonathan was zo geconcentreerd dat zijn tong uit zijn mond hing en Melanie bestudeerde haar tenen terwijl Jonathan nadacht over zijn volgende zet.

Andrea had pijn, zo veel pijn. Alles deed pijn. Laat het ophouden!

Ik kan dit niet meer. Mijn geest zit gevangen in mijn lichaam. Ik wil er uit!

Vlinder! Ik moet de vlinder gebruiken!

Wenkbrauw komt naar me toe, zijn handen naar me uitgestrekt. Gaat hij me werkelijk terug dragen naar mijn cel? Ik ben naakt! Blijf met je gore poten van me af!

Hulpeloos in zijn armen. Ik ben slap.

Ondervrager loopt weg en rolt het wiel met zich mee. Ik wil niet meer. Ik moet mijn geest bevrijden.

Ik haal de vlinder leeg. Energie als een warme golf. Wenkbrauw is te stom om het te merken. Zijn collega ook. Ik zet het wiel in beweging. Nog heel even. Ik span al mijn spieren en begin te spartelen als een vis in doodsnood. De pijn maakt het schokken alleen maar makkelijker, op elke beweging volgt een andere reactie. Wenkbrauw laat me vallen. Het wiel rolt naar me toe. Ik moet mezelf goed plaatsen. Mijn nek strek ik uit. Wenkbrauw schreeuwt. Het wiel rolt recht op me af. Ik wacht op de verlossende kraak.

'Mam!' Melanie spreidde haar armen en omhelsde haar. Jonathan grijnsde breed en pakte haar hand. De zon scheen door de bladeren, alsof het licht weerkaatst werd in duizenden diamanten. Het gras was groen en fris, koel aan haar voeten.

Leonard lachte alleen. Hij hing haar ketting om haar hals.

De vlinder klapwiekte, schitterend in de zon, en vloog weg.

De titel van dit verhaal
stond al een tijdje bij mij op de
wc-deur. (Ja echt. Ik heb een deur met
schoolbordverf en er liggen krijtjes, onder
het mom van: *lekker krijten onder het...* Maar
dwaal af...) Ik wist niet wat ik ermee wilde do
maar dat ik 'em ooit zou gebruiken, stond wel
Toen kwam *Praatje bij een plaatje*, de themaweds
van Pure Fantasy. Een kraai met een oogbol in
snavel. En ik kon er niks aan doen; het eerste wa
me opkwam, waren de beelden van de schikgo
nen in Disney's *Hercules*, drie lelijke toverkollen
een oogbol deelden. Ik kon denken tot ik een or
woog, maar ik moest ze gewoon gebruiken
voor in het verhaal. Aldus geschiedde, en ik
won, na eeuwig tweede en derde te zijn
geweest, in de horrorcategorie.

Voor de oplet-
tende lezer: het
verhaal van Leonora hee
inderdaad raakvlakken m
dat van Josephine uit *Offe*
de Mist. Blijkbaar kwame
gladde takken in *hun tijd*
erg vaak voor...

DOOIE THEE
MET KOEKJES

Dooie thee met koekjes

ij zit weer op die tak. De hele middag al. Hij loert bij iedereen naar binnen, maar niet bij mij. Natuurlijk niet. Die hoop heb ik lang geleden al opgegeven, hoewel ik toegeef dat ik er af en toe nog steeds van droom dat zijn starende blik op mij gevestigd wordt. In mijn dromen rust de eeuwigheid achter hem, in duistere mist. Maar ik bereik die rust nooit. Zoals ik vroeger verlangde naar het leven, verlang ik nu naar verlossing. De ironie daarvan is inmiddels versleten en levert me niet meer op dan een melancholiek opgetrokken mondhoek.

Maar goed, ik dwaal af. Hij zit er weer en ik heb besloten dat het tijd is mijn verhaal te vertellen. Het verhaal van Leonora IJsselsteijn. Een naam die niemand zich herinnert, omdat er niemand is die dat nog kan.

Als ik vertel hoe oud ik ben, zal niemand mij geloven. Ik zal dan ook niet spreken over feiten en jaartallen. Mijn verhaal begint in mijn kindertijd. Ik moet een jaar of acht zijn geweest toen het gebeurde. Mijn grootvader was ziek.

'De tering mergelt hem uit,' zuchtte mijn moeder en ze nam ons mee, in onze zondagse kleding. De kraai zat op een tak in de boom tegenover zijn huis. In eerste instantie zag ik niet eens dat het beest een oogbol in zijn snavel had, hij viel me op omdat hij zo stil zat. Later zei moeder dat het te druk werd voor grootvader en dat mijn broer en ik buiten moesten gaan spelen. En o wee als ik mijn rokken vuil maakte.

Johannes ging op zoek naar de hoepels en ik liep vast naar buiten, waar ik de kraai opnieuw ontwaarde. Dit keer keek ik wat beter.

'Johannes!' riep ik. 'Kom snel!'

'Wacht even, Leo, de hoepels liggen helemaal achter.'

'Kom nou!' riep ik. 'Er zit hier een eng beest!' Ik weet natuurlijk niet meer precies wat ik zei. Het is al zo lang geleden. Maar de blik die Johannes me schonk toen ik vertelde van de kraai met de oogbol in zijn snavel zal ik nooit vergeten.

'Hou op met die duivelse praatjes!' siste hij. 'Ben je gek geworden?' Hij stond op het punt me een draai om mijn oren te geven, ware het niet dat we moeder een kreet hoorden slaken. Johannes wierp me een laatste boze blik toe en rende het huis in. De kraai strekte zijn vleugels uit en verdween. Binnen stond moeder in vaders armen te snikken en Johannes zag bleek. Grootvader was heengegaan. Ik wist zeker dat die kraai ermee te maken had. Ik heb er nachten wakker van gelegen.

Ik moest even stoppen met schrijven omdat zuster Chaniya net binnenkwam. Ze is onmogelijk nieuwsgierig en ik wilde niet dat ze zag waarmee ik bezig was, dus legde ik snel een tijdschrift over mijn schrijfsels heen.

'Mevrouw De Vries, uw thee!'

Ik had niet eens in de gaten dat het al zo laat was. Vier uur, theetijd, één glazen kopje op een schoteltje en twee kleine koekjes ernaast.

'Was u weer in uw computerblad aan het lezen? Leuk dat u op uw leeftijd nog geïnteresseerd bent in moderne techniek!'

Ze moest eens weten. Met een glimlach pakte ik het kopje en ze verliet mijn kamer weer.

De thee. Ik zag het meteen aan de kleur. Mijn kopje was het zoveelste dat getrokken werd van een enkel zakje. Dooie thee, noem ik het. Kleurloos en oneindig verdund. En ze presenteert het alsof het een cadeautje is. Ik weet dat ik de thee zal opdrinken, dood of niet. Zoals altijd.

Maar goed, verder met mijn verhaal. De kraai bleef me achtervolgen. Meestal in mijn dromen, maar soms zag ik hem ook overdag in bomen of op daken zitten, de oogbol steevast gericht op een persoon die de volgende dag niet meer zou meemaken. Ik herinner me bange dagen, vervuld van angst dat zijn blik ooit op mij zou vallen. Ik voelde me ook erg eenzaam, omdat ik de enige was die dat enge beest kon zien. Ik durfde het niemand te vertellen. Straks maakten ze me uit voor heks en wie weet wat er dan met me zou gebeuren. Nee, dan liever lijdzaam mijn lot ondergaan.

Mijn nachten werden gevuld door legers van kraaien, allemaal met een oogbol in hun snavel, die onophoudelijk op mij gericht was. Schreeuwend schoot ik dan overeind in mijn bedstee, waarna Johannes me steevast een mep verkocht of een kussen tegen mijn hoofd gooide. In het begin kwam mijn moeder me vaak troosten, maar op een gegeven moment zag ik het 'moet dat nou elke nacht?' in haar vermoeide ogen en hield ik me maar stil, terwijl de dromen bleven komen. Elke nacht hetzelfde liedje.

Tot de oogbol me zag.

Ik liep door de tuin op een warme zomermiddag, vergeven van zoemende bijen en de geur van lavendel. De kraai zat op het dak van de oude schuur. Ik voelde de blik van het oog letterlijk op mijn lijf en de angst joeg als flitsen van blauw en rood door me heen. Ik begon te rennen, sneller en sneller, rende de benen uit mijn lijf, en de kraai volgde me. Ik kon de blik niet ontwijken, kon er niet aan ontkomen. In de schuur zag hij me, achter de melkwagen van Ouwe Karel zag hij me, in de kelder zag hij me. Ik was totaal in paniek. Uiteindelijk zat de kraai in een grote eik en ik besloot dat er geen andere oplossing was dan het beest te doden. Ik klom in de boom. Het beest verroerde zich niet. Ik kwam steeds dichterbij en schreeuwde naar hem, maar hij bleef zitten. Ik brak een tak af en sloeg ermee in zijn richting, maar de oogbol bleef me aanstaren vanuit die snavel. Nog een keer, nog harder nu. Ik verloor mijn evenwicht en viel. Ik hoorde een doffe klap en besefte nauwelijks dat dat mijn lichaam was. Het kon me niet schelen. Ik zou dat beest pakken, al was het het laatste dat ik deed! In een mum van tijd zat ik weer op een tak en haalde uit.

Ineens hoorde ik prachtige muziek. Het leek alsof er een tweede zon was gaan schijnen in de hemel recht boven me en ik werd als vanzelf naar het licht getrokken, naar die schoonheid en rust. De kraai bleef onbewogen zitten. Ik keek omlaag en zag mijn lichaam gebroken onder de boom liggen. Mijn woede nam een vlucht. Dat rotbeest, dat vermaledijde rotbeest had me gedood! Ik wilde niet dood! De hemel lonkte naar me, maar ik kon alleen maar naar de kraai en die oogbol kijken, die alles voor me hadden verpest. Accepteren dat ik dood was en naar de hemel gaan, kwam geen moment in me op. De kraai begon te vervagen en ik greep zijn vleugel vast, zo hard knijpend als ik maar kon. Ik hoopte dat ik hem pijn deed. Heel veel pijn. De kraai keek niet op of om, hij merkte verdorie niet eens dat ik aan hem hing! Hij kraste en vervaagde, ik vervaagde met hem mee.

De ruimte waarin we terechtkwamen baadde in een gouden gloed. De kraai vloog naar een vrouw, die de oogbol liefdevol uit zijn snavel nam en vervolgens een gouden draad pakte die ze aan de oogbol liet zien. De kraai nam de oogbol weer in zijn snavel en vloog weg. De gouden draad overhandigde ze aan een andere vrouw in eenzelfde gewaad als dat van haar. Er waren ongelooflijk veel vrouwen in dezelfde kledij. Ze sponnen draden en weefden gouden kleden in enorme weefgetouwen. Een paar vrouwen trokken draden uit gouden kleden die als wasgoed aan lijnen hingen en er was een groep dames uitsluitend bezig de gouden draden door te knippen, die dan op slag dof grijs werden. Kraaien met oogbollen vlogen af en aan, alsof ze verslag aan hen uitbrachten.

Een vrouw liep rakelings langs me heen zonder mij op te merken. Ze had een arm vol grijze draden bij zich en gooide ze allemaal in een mand met daarop een symbool dat ik niet begreep. Er was een hele reeks manden met symbolen, die ik vaak niet herkende. Ik meende bergen te onderscheiden, en wilde dieren.

Weer liep er een vrouw langs me, zo dichtbij dat ik me afvroeg of ze niet per ongeluk door me heen was gegaan. Ik zag een zilveren draad tussen alle grijze draden in haar handen. Ze liep naar een mand met een boom erop en gooide de draden er in. Het zilver glinsterde voor de draad achter de rand verdween.

Zo snel ik kon ging ik naar die mand. De zilveren draad lag bovenop, ik pakte hem. De draden die ik daarbij per ongeluk aanraakte, verkruimelden meteen alsof ze van as waren. De zilveren draad voelde warm aan en nu pas zag ik dat mijn handen van dezelfde substantie gemaakt leken. Ineens besefte ik wat hier gebeurde, wat er gebeurd was. Er moest nog een tweede zilveren draad zijn, de andere helft van deze. Ik begon te zoeken en de grijze draden vielen met kluwens tegelijk uiteen, tot er alleen nog een zilveren draad op de bodem van de mand lag. Zonder te aarzelen pakte ik beide draden bij een uiteinde en knoopte ze aan elkaar. De draad gloeide goud op.

Meteen leek het of een onzichtbare kracht aan mij trok, alsof ik werd weggezogen van de ruimte met de vrouwen en de kraaien. Ik besefte dat mijn leven weer voorbij kon zijn als ze de draad ooit vonden en vocht daarom met al mijn kracht om in die ruimte te blijven. In de muur achter de mand zat een scheur. Mijn wezen werd uit elkaar gescheurd, ik voelde rukken alsof ik door een hele nauwe buis werd gezogen, maar ik zette door en propte de gouden draad in de scheur. Hij viel grotendeels achter het losse pleisterwerk. Mijn onderlichaam was niet meer te zien, ik voelde mijn aardse benen en besefte dat ze allebei gebroken moesten zijn door de val. Mijn buik werd ook al teruggezogen. Nog een klein stukje, dan was mijn draad volledig uit het zicht verdwenen. Ik strekte mijn hand uit en stopte de draad weg. Zodra ik losliet, werd het laatste stukje ik in mijn lichaam teruggeworpen. Ik snakte naar adem. Mijn benen deden onbeschrijflijk veel pijn en ik kon mijn rug en nek niet bewegen, maar ik leefde. Een vrouw vond me en uiteindelijk herstelde ik volledig van alle verwondingen.

Goddank zaten er koekjes bij de thee. Die was vies en ijskoud. Niet verbazingwekkend als je beseft dat ik mijn thee pas opdronk nadat ik het verhaal van de val uit de boom en de ruimte van de schikgodinnen had opgeschreven.

De schikgodinnen. Ik ben naderhand over hen gaan lezen. Ik heb alles gelezen over de dood; de leugens, de gissingen, de symboliek, de waarschijnlijkheden en alle verklaringen en overdenkingen die er door de eeuwen heen over zijn opgetekend. De precieze waarheid is onbekend. Niets verhaalt over de enorme fabriek van dood en leven die ik heb gezien. Waarschijnlijk heb ik daarom besloten mijn verhaal eindelijk aan het papier toe te vertrouwen. De waarheid moet ergens bestaan.

Tegelijkertijd denk ik: ach... Ik kan het geheim toch niet meenemen in mijn graf. Kon dat maar. Geloof me, ik heb getracht mijn leven te nemen. Zelfs een jaar niet eten en niet drinken bracht geen verlossing en geen wond gaat diep genoeg om dood te bloeden. Een jonge ambitieuze dokter heeft zelfs nog geprobeerd 'die arme mevrouw Sanders' uit haar lijden te verlossen. De oogbol in de kraaiesnavel loerde al naar hem, anders had ik het waarschijnlijk niet durven te proberen.

Misschien dat ik dan nu wel nog hoop had gehad.

Nu mijn verhaal zwart op wit staat, besef ik hoe kwetsbaar het me maakt. Als iemand mijn waarheid achterhaalt, wat zal er dan met me gebeuren? Wie sturen ze op me af om te onderzoeken wat er mis is met mij? Doktoren, persmuskieten, witte jassen met oneindige experimenten... Joost mag weten wat ze zullen bedenken om me te kwellen.

En als ze de consequenties van deze manier van leven ontdekken? Wat dan? Moet ik deze bekentenis vernietigen als ik straks alles van me heb afgeschreven? Of moet ik ze bewaren om toch een beetje van mezelf te behouden? Om niet zo verdund te raken dat er niets meer van mij over blijft? Ik mag dan geen prooi meer zijn van de schikgodinnen, de tijd heeft nog wel vat op me. Ik durf niet te denken aan wat er zal gebeuren als ik kinds word. Zullen de woorden op dit papier straks mijn enige houvast zijn? Mijn koekjes om de nare smaak van zowel de vergankelijkheid als de onvergankelijkheid te verbloemen?

De kraai staart nog steeds door het raam van mijn buurvrouw, mevrouw Bergman. Ik ben al bij haar geweest. Ze heeft nog niks in de gaten, het arme mens. Er ontgaat haar wel meer. Als de kraai straks verdwijnt, moet ik snel zijn. Voor zover dat nog gaat met die rottige rollator. Ik weet waar haar administratie ligt en ik heb alleen haar DigiD nog nodig, puur voor de zekerheid. Haar handtekening ben ik al aan het oefenen. Eigenlijk is het te simpel voor woorden. Over een jaar neem ik afscheid van mevrouw De Vries en zal ik mevrouw Bergman gaan heten. Lieneke Bergman, achtentachtig jaar oud en redelijk goed ter been. Net verhuisd naar een nieuw tehuis en op straat beroofd door hangjongeren op een scooter. Alle belangrijke documenten kwijt, en dat terwijl ze op het punt stond zich in te schrijven bij de gemeente.

'Geen probleem, mevrouw, we helpen u wel,' zal de sympathieke baliemedewerker zeggen.

'Och, jongeman, wat ben ik daar blij mee! Dat er nog mensen als u bestaan in deze harde maatschappij.'

En dan begint het hele gedoe weer van voren af aan. Over een tijdje zullen dit soort dingen alleen nog per computer geregeld kunnen worden. Vreselijk. Maar ik ben voorbereid. Ik ben altijd op alles voorbereid. Ik heb toch tijd genoeg.

Zou een misdadiger net zo veel spijt hebben als ik? Als je iemand anders gedood hebt, is de kwelling van je geweten dan vergelijkbaar met wat ik moet doorstaan? Ik weet het niet. Ik heb mezelf het leven gered. Je zou zeggen dat dat iets heel anders is dan moord, maar ik betwijfel het.

En ondertussen tikt de tijd langzaam. Ik word verdund als de dooie thee waar ik ondanks alles toch elke dag weer naar uitkijk. Zolang er maar koekjes bij zitten.

In Star Wars heet de ijsplaneet *Hoth*, een grap die ik zeer kan waarderen. Toen Pure Fantasy het thema *Oververhit* aan een wedstrijd hing, kon ik dan ook niet anders dan een verhaal over hitte te situeren in de kou. Voeg daaraan toe dat goede pepermunt zo verkoelend kan zijn dat het brandt, en dan heb je twee mooie contrasten om een verhaal omheen te laten smelten en te smeden.

Een kleine verwijzing naar mijn eigen leven kon ik niet laten. De King-fabrieken stonden vroeger in Sneek en ter herinnering stonden op een binnenhofje reusachtige pepermuntjes, waar ik als klein meisje gefascineerd naar kon kijken.

Ik vond het bijzonder om in dit verhaal te spelen met een godenwereld. Meestal laat ik dat een beetje buiten beschouwing. Uitspraken als 'God heeft het zo gewild' vind ik nogal wat, als je de ellende om je heen soms bekijkt. Maar hoe beschouwt een God die aardse ellende eigenlijk?

Drank en Godenspelen

Drank en Godenspelen

De sneeuw lichtte goudgeel op in de gloed van de laaghangende zon. Akiak kneep zijn ogen tot spleetjes. Hij had het goed gezien. Iets of iemand kwam dichterbij, in een min of meer rechte lijn. De haren in zijn nek gingen overeind staan.

'Desnar, kom eens kijken,' zei hij.

De oude strijder kwam naast Akiak staan en tuurde in de verte.

'Niet goed,' gromde hij. 'Geen beer of Voorouder. Misschien is het een mens.'

Akiaks blik gleed over de littekens op Desnars snuit. Hij sprak er nooit over. Geen van de overlevenden deed dat graag. Akiak was nog maar een welpje geweest toen de mensen aanvielen. Maar in die strijd was zijn vader gesneuveld, evenals vele andere Nappatak. Als er echt een mens naar hen toe kwam...

'Wat wil je doen?' vroeg Akiak.

'We moeten eerst weten waar we mee te maken hebben. Als het werkelijk een mens is, dan is hij vast niet alleen.' Een laag gebrom ontsnapte aan zijn keel. 'Neem een peloton mee. Wis al zijn sporen uit. Maar houd hem in leven. Ik denk dat de koning hem graag zal spreken.'

Akiak draafde op zijn vier poten over de vlakte, de strijders die onder zijn bevel stonden in zijn kielzog. Hij hoorde het gedender over de sneeuw, een heerlijk geluid. Een moment was hij Anakusa dankbaar. De Godin had hen onderwezen en getransformeerd tot wezens die in nagenoeg niets meer leken op de Voorouders, maar hun vermogen om te rennen hadden ze behouden. Als deze mens gearresteerd was, zou hij haar een dankoffer brengen.

De man in de verte had hen gezien. Akiaks scherpe ogen zagen de angst over zijn gezicht trekken. Hij stak zijn voorpoten in de lucht. *Goed zo. Wees maar bang, mens.*

In zijn herinnering waren mensen angstaanjagend, met lange klauwen, platte snuiten met een bek vol scherpe tanden en zwaar gespierde lichamen. Deze man leek in niets daarop. Zijn snuit was kaal en roze en zijn tanden, die hij nerveus bloot lachte, leken ongeschikt om zelfs gekookt vlees van een bot te scheuren. De vacht die zijn hoofd en verdere lichaam bedekte, leek samengesteld uit verscheidene andere beesten.

'Gegroet, dappere Nappatak,' zei de man. Hij sprak de taal die Anakusa hen had geleerd. Akiak legde zijn oren plat. Het beviel hem niets. De strijders omsingelden de mens. Sommigen ontblootten hun tanden in een waarschuwend gegrom.

'Nee, nee, rustig, alstublieft,' zei de man. Een onaangename geur drong Akiaks neus binnen. Kon het angstzweet zijn? Dat idee beviel Akiak wel. De man leek zich onbehaaglijk te voelen onder zijn blik.

'Ik heb geen kwaad in de zin, ik kom in vrede. Ik ben van ver gekomen om handel te drijven met uw nobele volk. Kijk, ik heb goederen bij me.' De mens wees op de grote, volgepakte sleper die hij bij zich had.

'Ga kijken,' zei Akiak. 'Maar wees voorzichtig. Er kunnen er nog veel meer van zijn soort onder die vachten verborgen zitten.'

Een strijder onderzocht de lading.

'Ik ruik geen leven, luitenant,' zei hij.

'Ziet u, ik spreek de waarheid,' zei de man. 'Ik handel in dranken om precies te zijn.'

'We zullen zien,' zei Akiak. 'Wis zijn sporen uit zoals besproken en neem hem mee. De koning zal over hem beslissen.'

Het was stil in de kapel. De muren glinsterden in het licht van de spaarzame olielampjes. Op het oppervlak van het beeld van de Godin veranderde de weerkaatsing met elke stap die Akiak nam. Ze leek te leven in haar beeltenis, terwijl ze in werkelijkheid al vele jaren sliep in haar ondergrondse huis. Akiak was één van de weinigen die wist waar dat was. Hij zou haar verdedigen tot het bittere eind, net als iedere andere Nappatak. De Godin had hen verkozen, hen gewekt uit de dierlijke sluimertoestand waar de niet-uitverkoren poolvossen nu nog in leefden en had al haar liefde en wijsheid met hen gedeeld. Ze verlangde er enkel bescherming voor terug. *Geprezen zij Anakusa!*

Akiak legde een hazenvacht op het altaar en zei zijn dankgebed. Ook in haar slaap zou de Godin het offer tot zich nemen. Ze verhoorde alle gebeden.

'Anakusa, er is een mens naar ons toe gekomen. Wij vragen bescherming en wijsheid in deze situatie. En Godin, ik vraag U ook om mijn gezin te beschermen. Waak alstublieft over ons.' Akiak sloot zijn gebed af met het gebaar dat de Nappatak vele generaties geleden van Anakusa hadden geleerd. Door het gat in het plafond lichtte de hemel op in de prachtigste kleuren. Ze had hem gehoord.

Akiak hoorde een bescheiden kuchje achter zich. Een strijder stond bij de deur.

'Akiak? De koning vraagt naar je.'

Het teken van Anakusa stelde hem gerust toen hij naar buiten stapte. Sneeuwvlokken in allerlei tinten vielen op zijn vacht. Pas toen Akiak het voorportaal van het paleis binnenstapte, kleurden ze weer wit. Hij schudde de sneeuw van zich af. Zijn vacht hoorde onberispelijk te zijn.

Twee strijders liepen giechelend voorbij, de buitenlucht in. Akiak keek ze fronsend na. De Godin had hen geleerd alcohol te distilleren, maar sterke drank werd slechts zeer zelden genuttigd. Wat hadden die twee dan?

De deur naar de persoonlijke vertrekken van de koning stond open. Een scherpe, frisse geur dreef naar buiten. Akiak dacht meteen aan wachtlopen op koude winteravonden, met een koude neus en een opstaande vacht om de warmte vast te houden. Heerlijk.

Bescheiden klopte hij op de deur. De koning zat scheef op zijn zetel. Her en der zaten strijders, de meesten van hen lachend als was een feest op zijn hoogtepunt.

'Akiak, kom binnen, kerel,' riep Nateq met een groot gebaar. Nu pas zag Akiak een vat midden op de vloer staan. De mens zat ernaast. Tot Akiaks afgrijzen had hij zijn vel gedeeltelijk afgelegd. Zijn hele hoofd was nu zo naakt als zijn platte snuit.

'Kom toch verder,' zei de koning. 'Dit is meester Kina. Hij is handelaar. Hij wil zijn dranken ruilen voor onze ijssculpturen en hazenbont.' De koning zwaaide naar een vat. 'Kom, probeer wat. Deze drank is mij geschonken om uit te proberen. Het is geweldig. Fris als een winternacht.'

'Ik weet niet...' begon Akiak.

'Op koninklijk bevel! De Nappatak die meester Kina bij me bracht, zal drinken!'

Akiak slikte bij die woorden. De mens reikte hem een glas aan. 'Au!' zei hij. 'Ik weet niet hoe jullie dat doen, dat ijs plakt aan mijn vingers vast.'

'Jij hebt ook geen vacht!' zei Nateq. 'Kale!' Hij lachte hard. De mens lachte luid met hem mee en sloeg de koning op zijn schouder.

'Jij bent anders net een pratende bontjas,' hikte hij. De koning schaterde het uit. Akiak keek ongemakkelijk om zich heen. Desnar zat onderuitgezakt tegen de muur. 'Ach jongen, til er niet zo zwaar aan. Het is goed,' zei de oude strijder.

'Maar... Wat is dit?'

'Neem gewoon een slok. Het is goed spul.'

Desnar bleef aandringen. Akiak zuchtte en nam een heel klein slokje. Het smaakte net zo fris als dat het rook. Er was geen spoortje van alcohol in te bekennen.

'Wat is dit voor drank?'

'Het heet King. Door de mens zelf gebrouwen.'

'Het smaakt goed,' zei Akiak. Hij nam nog een slok, deze keer wat groter.

'Ik krijg het helemaal warm,' zei hij.

'Dat hoort erbij,' zei Desnar. 'Het verwarmt je van binnen uit. Lichaam en geest, zegt Kina. Neem nog een slok, dan blijf je lekker warm.'

'Maar mijn vacht is dik genoeg om...'

'Wat maakt het uit, jongen,' zei Desnar. Hij dronk zijn glas in één keer leeg. 'Ik was de eerste die proefde,' zei hij. 'De koning wilde weten of het veilig was. Eerst rook ik eraan, frisser dan de helderste winternacht, en toen nam ik een slok... Alsof het licht van Anakusa tot drank was gemaakt.'

'Ja,' zei Akiak. Hij nam nog een slok. De warmte verspreidde zich door zijn lichaam. Hij kon het licht van Anakusa voelen, met daarachter de zwarte ruimte met ontelbare andere werelden zoals de hunne. Hij was slechts een stofje in het universum. Die diepe gedachte deed Akiak bijna huiveren.

'Ik wil Miki laten proeven,' zei Desnar. 'Ze zal het heerlijk vinden.'

'En jouw vrouw kennende zal mijn vrouw het dan ook heerlijk vinden,' zei Akiak.

'Prima toch?' zei Desnar. 'Iedereen moet dit proberen!'

Akiak nam nog een slok. Het drankje werd steeds lekkerder. 'Maar, is het niet vreemd dat iedereen vrolijk wordt alsof ze te veel op hebben?'

'Het is geen alcohol. Kina zegt het zelf.'

'Maar hij is een mens. Hoe kunnen we een mens geloven?'

'Hij heeft niks tegen ons. Hij kent de Godin niet eens. Hij komt van een heel andere kant van de wereld. Wist je dat die ovaal is?'

'Wat?' Akiak begon te grinniken.

'Ja, maatje, echt!' Desnar lachte luid. Akiak sloeg zijn glas achterover en lachte mee.

'Ovaal! Die mens beweert het bij hoog en bij laag!' bulderde Desnar.

'Bij Anakusa, hoe komt hij erbij?' proestte Akiak.

'Weet ik veel, iets met draaiing en de polen en iets dat evenaardig heet...'

'Evenaardig! Eventjes aardig! En daarom is de wereld ovaal!' Akiak kreeg bijna geen lucht, zo hard lachte hij.

Desnar lachte geluidloos en reikte schuddend naar een vat King. 'Nog een glaasje?' vroeg hij. 'Om de botten goed te verwarmen.'

'Ja, graag,' zei Akiak.

'Ik koop een vaatje,' zei Desnar. 'Voor Miki.'

'En dan koop ik er één voor mijn vrouw en dochter. Stel je voor, die kleine lacht nu al zo schattig. Stel je voor hoe ze klinkt als ze dit heeft gedronken.'

Desnars schouders bleven schudden. 'Ik hoor het nog niet eens echt, en het is nu al grappig,' gierde hij.

Akiak had pijn in zijn wangen, zo breed was zijn lach. 'Daar drinken we op,' riep hij uit.

Akiak daalde af naar zijn eigen huis, ver onder de sneeuw, en lachte nog steeds. Alle Nappatak leefden diep onder de oppervlakte. Ook dat had Anakusa niet veranderd. Gelukkig, dacht Akiak. Hij had een vaatje King onder zijn voorpoot.

Shila lag in bed. Ze kwam overeind. 'Ben je daar eindelijk?' Ze klonk slaperig.

'Het was druk.'

'Miki zei dat er een mens was.'

'Dat klopt.'

'Is hij onschadelijk gemaakt?'

'Hij is onschadelijk, ja. Hier, moet je proeven.'

'Sakari was weer zo lief vandaag. Volgens mij hebben wij het liefste welpje ooit.'

'Dat krijg je met zo'n moeder. Wil je een slokje? Je wordt er lekker warm van!'

'Ik word warm genoeg van jou,' zei Shila.

'Maar ik heb het speciaal voor jou meegenomen.'

Shila gaf hem een lik. 'Je bent een schat. Morgenvroeg zal ik meteen proeven. Kom op, we gaan slapen.'

Akiak kroop naast zijn vrouw in bed. Vermoeidheid overviel hem en hij was vertrokken voordat hij zich de naam van de mens weer kon herinneren.

Akiak schoot wakker toen Sakari op hem sprong.

'Papa!' joelde ze. 'Het is al midden op de dag! En jij sliep nog, en toen ging mama dat spul drinken dat je had meegenomen, want buurvrouw Miki vond het ook zo lekker, en toen mocht ik ook wat en weet je wat papa? Het is nog lekkerder dan lekker!' Ze giechelde. Precies zoals Akiak zich had voorgesteld.

'Het is een goddelijk drankje,' zei Shila vanuit de deuropening.

'Mam, mag ik alsjeblieft nog wat?'

'Een klein beetje dan, kleine druktemaker,' lachte Shila. Sakari gaf haar moeder een lik en rende naar het vaatje.

146

'Je hebt lang geslapen. Je dienst begint zo,' zei Shila. Ze haalde haar poot achter haar rug vandaan. 'Hier, een klein glaasje voordat je gaat. Iedereen heeft het erover, het is fantastisch!'

'Je bent een schat,' zei Akiak. Hij pakte het glas van haar aan. In de verte luidden klokken. 'Ik ben te laat!' riep hij. Het volle glas zette hij snel op een tafeltje en hij rende naar boven.

Het landschap leek uitgestorven als altijd. Alleen de uitkijkpost stak boven de lage heuvels en holen uit en gaf blijk van activiteit. Akiak liet zich op alle vier poten zakken en rende erheen.

Een hevige pijn schoot door zijn poot. Hij verloor zijn evenwicht en dook voorover in de sneeuw. Rechts achter, allesverterende pijn. Zijn ogen zochten de horizon af. Was hij aangevallen? Toen zag hij de scheur in het ijs, diep en iets breder dan zijn snuit. Waar zijn poot was weggegleden, was de scherpe rand afgebrokkeld. Hij liet zijn hoofd zakken. De pijn zette door. Hij hoefde niet naar zijn poot te kijken om te weten dat die gebroken was.

'Weet je zeker dat je het zo redt?' Shila keek hem onderzoekend aan.

'Ja, ik weet het zeker. Ga lekker met Sakari naar het feest.'

'Goed dan.' Ze gaf hem een kus.

'Wil je nog wat drinken?'

'Nee, het is hier al warm genoeg.'

'Ik dacht dat het aan mij lag,' zei Shila. Ze gaf hem nog een kus en riep Sakari bij zich.

'Kom op, lieverd, we gaan.'

'Eindelijk! Ik dacht dat we nooit weg zouden gaan,' zei Sakari. Ze keek haar moeder verwijtend aan.

'Niet zo'n grote mond, jongedame.'

'Nou en!'

De rest van de conversatie ging verloren toen moeder en dochter de buitenlucht betraden. Akiak zakte achterover. Hij had de hele dag nog geen King gehad, maar toch had hij het warmer dan normaal. Zijn blik viel op de plek waar het tafeltje altijd stond; het was grotendeels weggesmolten. Een klein stukje ijs stond nog omhoog. Hij schoot overeind. Op de vloer lag een plas en aan het plafond hingen druppelende ijspegels.

'Dit klopt niet...' mompelde hij.

Door de muren van ijs heen hoorde hij geschreeuw. Hij herkende de diepe stem van Desnar. In heel zijn leven had hij Desnar nog nooit zo horen schreeuwen. Nu gilde Miki, gevolgd door het geluid van versplinterend ijs. Nog meer gegil en geschreeuw. Ergens buiten was ook rumoer losgebarsten. Een akelig gevoel bekroop Akiak. Een ijspegel brak af en viel met een zachte plons in het water op de grond.

Hij verbeet de pijn, dankte Shila dat ze een stevige spalk had aangebracht en liet zich op de vloer zakken.

Het sneeuwwitte landschap was bezaaid met vechtende en dode Nappatakstrijders. Miki lag met opengereten keel bij de ingang van haar hol. Plukken vacht kleefden aan haar bebloede klauwen. Desnar was nergens te vinden. Een walm van King bezwangerde de lucht. In de verte hoorde Akiak andere Nappatak feesten. Ze lachten en zongen luid.

De uitzichtpost was verlaten. Akiak voelde zijn hart bonzen. De situatie was overweldigend, hij had hulp nodig. Zijn poot klopte, de pijn straalde uit naar zijn heupen en rug. Hij wilde Shila en Sakari zoeken en beschermen, maar zijn plichtsgevoel had de overhand. De Godin moest veilig blijven. Haar kapel was dichtbij. Daar kon hij het beste heen gaan.

Bij Anakusa's ware schuilplaats was het doodstil. Goed zo. Akiak verbeet de pijn en probeerde zich onopvallend naar de ingang te slepen.

Het geluid van vechtende Nappatak vormde een schril contrast met de feestgeluiden. Twee strijders vielen vlak bij Akiak neer op de grond. Akiak herkende een van de strijders van zijn eigen bataljon, een Nappatak die hij van recruut af aan had getraind. Dode ogen keken hem aan.

Ergens kraakte iets. Een doffe plof maakte een eind aan het lachen en het zingen. Akiak keek geschrokken op. Een donker gat midden in het wit deed hem huiveren. Het dak van het feesthol was ingestort. Akiak werd misselijk. Shila en Sakari, alle feestgangers, bedolven onder meters sneeuw en ijs. Die vervloekte drank! *Anakusa! Word wakker! Red ons!*

Geen tijd voor verdriet. Akiak ging verbeten door en liet zich in het hol zakken. De stilte in de kapel die normaal gesproken rust betekende, voelde nu onheilspellend. Akiak daalde langzaam de trap af, zijn nekharen overeind.

De mens stond bij het beeld van de Godin. Hij leek gegroeid, maar ook jonger. Een kind.

'Kom tevoorschijn!' riep hij. 'Anakusa, het spel is uit! Verstop je niet achter je gelovigen!'

Akiak wilde zich omdraaien, maar de spalk kraste op het ijs. De mens draaide zich met een ruk om en rende op de Nappatak af. Akiak jankte toen vingers als ijs zich om zijn keel klemden.

'Waar is ze?' vroeg de jongen.

'Ik weet het niet,' zei Akiak.

'Je liegt!' De vingers sloten nog strakker om Akiaks keel. 'Lieg nooit tegen een God. Waar is ze?'

'Ik ben hier.' Anakusa stond naast haar beeltenis, haar snuit trots in de lucht. De jongen gooide Akiak op de grond, die snel zijn hoofd boog bij de aanblik van zijn Godin. Ze had zijn gebed verhoord!

'Hepanon,' zei ze. 'Je hebt me gevonden.'

'Het was bijna eenvoudig,' antwoordde hij. 'Het was dwaas van je om je hier in te graven. Je hebt je gelovigen te zwak gemaakt.'

Anakusa zag er moe uit. 'Wat heb je gedaan? Nog meer mensen gestuurd om ze te doden?'

Hepanon lachte. 'Ik heb ze een warm hart toegedragen. Verwarming van lichaam en geest.'

'Heb je ze bekeerd?' vroeg Anakusa.

'Nee, zusje van me,' zei Hepanon. 'Doe niet zo fantasieloos. Nee, mijn plan was nog beter.' Anakusa leek niet te luisteren, haar blik dwaalde af.

Akiak hoorde niets meer boven de grond. Geen grommen, geen klauwen die zich in de sneeuw boorden. Alleen doodse stilte. Iedereen was dood. Hij zag het ook in Anakusa's ogen. Woede welde op in Akiaks hart. Hij sleepte zich naar de mens toe en hief zijn klauw om hem te doden.

De Godin bewoog. Ze smolt en vervormde. Haar vacht verdween, haar snuit werd platter. Tot Akiaks afgrijzen verscheen er een mens voor hem, een meisje.

'Je gelovigen zijn allemaal dood,' zei Hepanon. 'Je bent af.'

'Nog niet,' zei Anakusa. Ze strekte haar arm uit naar Akiak. Hij voelde een ruk in zijn nek en zweefde naar de Godin toe. Haar menselijke vorm verlamde hem bijna van angst.

'Maar ik heb je gevonden,' zei Hepanon. 'Je hebt nog maar één gelovige over, je krachtbron is weg. Ik heb nog een legioen gelovigen, ik ben onaantastbaar. Ik heb je, je bent af. Je kunt geen kant meer op. Volgens de regels heb ik gewonnen.'

'Ik heb nog één troef,' zei Anakusa. 'En volgens de regels moet je me eerst tikken.' Hepanon kwam in beweging en strekte zijn hand uit naar Anakusa. De Godin greep Akiak nu vast. In een fractie van een moment voelde Akiak hoe ze alle leven uit hem zoog. Anakusa werd licht en verdween. Akiak viel levenloos neer, vlak voor Hepanons voeten.

Anakusa materialiseerde in de studeerkamer van haar vader met de wereldbol in haar hand. Op de Noordpool zag ze de explosie van Hepanons woede. De doodsnood van de arme Nappatak klonk nog na in haar geest, maar ze schudde het nare gevoel met gemak van zich af. Tijd voor de volgende ronde, Hepanon zou niet winnen.

Ze legde de globe terug op de plaats waar ze hem vandaan had en pakte een andere, van de allerhoogste plank.

'Vind me hier maar eens, broertjelief,' zei ze en verdween.

Hoe de tijd komt

Ik heb soms van die crea-perioden waarin ik ineens een ingeving krijg en het vervolgens gewoon ga doen. Dat was ook het geval met *Hoe de tijd komt*. Het moest een collage-verhaal worden, een experiment waarin een thema centraal stond in plaats van een hoofdpersoon die dingen meemaakt en doet. De eerste versie was dat dan ook, een verzameling losse scènes verbonden door het thema dat meteen ook de titel van het verhaal was.

Het werkte niet. Of tenminste, niet goed genoeg. Er was net iets meer nodig, een groter tipje van de sluier mocht worden opgelicht en ook de titel, die bij nader inzien een wel heel erge dooddoener was, vergde een frisse blik. En het vereiste tijd. Het verhaal heeft in zijn oude vorm meegedaan aan de *Unleash Award* en het heeft letterlijk enkele jaren geduurd voor ik de wijzigingen, die ik naar aanleiding van het juryrapport had bedacht, ook werkelijk aanbracht. En dat is prima. Ik ben blij dat zijn tijd nu gekomen is.

Hoe de tijd komt

Alstublieft?' Het meisje sloeg heel even haar ogen op naar de hemel, en het duister verloor zich in het blauw van haar ogen. 'Amen.'

Het kostte hem meer dan een half uur voordat hij genoeg moed bijeen had geschraapt om het kussen op haar gezicht te drukken. Toen de klok één sloeg, perste hij zijn lippen op elkaar en kwam in actie. Vrijwel meteen begon ze heftig te spartelen en sloeg om zich heen alsof ze weer eens een nachtmerrie had. Met moeite wist hij bovenop haar knokige lichaam te klauteren, onderwijl de druk op het kussen opvoerend.

Na wat een eeuwigheid leek, viel haar lichaam stil. Heel langzaam brak er een glimlach door op zijn gezicht, terwijl hij dacht aan zijn Isabelle. Er stond nu niets hun liefde nog in de weg. Voor de zekerheid bleef hij nog een kwartier in dezelfde houding zitten, bovenop het lijk van zijn vrouw, het kussen op haar bazige tronie gedrukt. Kramp in zijn rechter bovenbeen deed hem besluiten dat het lang genoeg had geduurd. Voorzichtig, mede vanwege de pijn, liet hij zich opzij zakken.

'Edward, jij etterende idioot!'

Zijn vrouw schoot met een ruk overeind en Edward tuimelde vloekend achterover van het bed, knalde met zijn hoofd tegen het nachtkastje en liet het kussen tegen een staande lamp vallen, waardoor het gevaarte dwars over hem heen donderde.

'Liefje,' stamelde hij, maar haar gekrijs overstemde zijn zwakke pogingen tot verweer. Ze klom over het bed en greep de lamp met beide handen vast.

'Jij - vuile - huichelaar!' Ze zette elk woord kracht bij door hem met de lamp te slaan waar ze hem maar kon raken. 'Probeer je mij te vermoorden? Ik zal jou vermoorden! Heb je een ander? Is dat het soms? Ik dacht het al! Nou, zo makkelijk kom je niet van mij af! Ik zal je!'

De kat in het steegje schrok even toen het geschreeuw in de slaapkamer begon, maar zijn geoefende blik liet de muis niet los. Het diertje zat in de val, dat beseften ze allebei. De kat haalde uit, zijn klauw sloeg de muis bewusteloos. Zonder dralen - en zonder veel te kauwen - slikte hij de muis door. Hij had lang niet gegeten en het was zo'n scharminkel van een muis dat het diertje met een enkele slok verdween.

De kat likte zijn snorrenbaard af en ging op weg naar een fijn plekje om de rest van de nacht door te brengen, bij voorkeur op een plaats waar nog iets te jagen viel.

Hij was de hoek nog niet om, of hij werd ongewoon beroerd. De grootste haarbal die hij ooit had uitgekotst, had nog niet de helft van deze misselijkheid weten te genereren. Het voelde alsof zijn maag zich een weg naar buiten baande. Hij kokhalsde met heel zijn lijf. En nog een keer. Een venijnige pijn gleed door zijn slokdarm naar zijn bek. De kat sidderde nogmaals en spuugde de muis op straat, die er vandoor ging voordat de kat goed en wel besefte wat er was gebeurd. Hij snuffelde even aan het plasje maagzuur dat met de muis mee was gekomen, terwijl hij zich realiseerde wat hem was overkomen. Zo snel zijn wiebelige benen hem konden dragen, zocht hij een veilig heenkomen hoog in een boom, en wachtte daar, zacht miauwend, op het ochtendgloren.

De kat zat al uren beweginloos in de boom. Eigenaardig.

De Man in de Schaduw liet een handjevol pinda's in zijn mond glijden en klopte het zout van zijn zijden handschoenen. Het was tijd om die kat te laten voor wat hij was en zich te richten op zijn taak. Hij krabde zijn kale hoofd, die schuil ging onder een pruik. Zijn zakhorloge vertelde hem dat het zeven uur zevenendertig was, het Doelwit kon elk moment verschijnen. Er was nog niet veel activiteit op straat, de eerste zonnestralen waren nog kil. Met een beetje geluk zou de klus binnen vijf minuten geklaard zijn, zonder getuigen, zonder een enkele aanwijzing. De Man in de Schaduw grinnikte, streelde even over het stuur van de gestolen auto - Audi 80, leuk ding - en nam nog een paar pinda's.

Het Doelwit opende zijn voordeur en de Man draaide zijn autosleutel om. Nietsvermoedend liep het Doelwit naar zijn auto en legde, zoals altijd, eerst zijn aktetas in de kofferbak.

De Man manoeuvreerde zijn auto uit het parkeervak en gaf gas, de motor brulde. Met veel geraas reed hij in op het Doelwit en nam ook het juist geopende portier mee.

De vering was bijzonder goed. Hij hoorde het geschraap van metaal over steen, een schreeuw stierf op het moment dat de achterwielen over een obstakel stuiterden. De Man in de Schaduw grijnsde, precies zoals gepland. Hij keek in het achteruitkijkspiegeltje. Verwrongen metaal en een bundel kleren.

'A job well done,' mompelde de Man in zichzelf. Hij waagde het nog een keer te kijken. De bundel bewoog. Tot zijn afgrijzen zag de Man het Doelwit opstaan, zijn nek strekken en verdwaasd terug lopen naar zijn woning.

De Man in de Schaduw voelde amper dat hij de auto tegen een boom reed. Met een verbeten gezicht graaide hij de zak pinda's van het dashboard, keek om zich heen of hij ongezien kon wegkomen en nam de benen.

'Je buurman komt thuis,' zei Lucas.

'Hmpf,' zei Barry. Hij hing aan de rand van het zwembad en volgde met zijn ogen een grote spin die langs de tegels liep. Lucas haalde zijn schouders op en verdween onder water.

'Ik verveel me,' zei Barry.

Lucas kwam boven van zijn onderwaterkoprol, wreef het water uit zijn ogen en keek hem vragend aan. 'Wat zei je?'

'Ik verveel me,' herhaalde Barry en hij legde demonstratief zijn kin op zijn hand.

'Aansteller,' zei Lucas. 'Hebben we een keertje een dag vrij en schijnt de zon, mogen we van je moeder een keer in het zwembad, en dan verveel jij je?'

'Nou... Ja.' Barry spetterde een paar druppels in de richting van de spin. Lucas legde snel zijn horloge wat verder van de kant - hij geloofde niet in waterproof. 'Misschien kunnen we een bal pakken of zo?'

'Hmmm…' De spin verdween in de struiken.

'Of doen wie het diepst kan?'

'Hmpff...'

'Of wie het langst kan?'

'Ja, het diepst en het langst!' Barry zwom meteen naar het midden van het bad.

'Op drie,' riep hij. 'Eén, twee, drie!'

De jongens haalden diep adem en zonken naar de bodem.

Hij zat midden op de muur. Al zesendertig minuten, bewegingloos. En zij staarde er al zesendertig minuten naar. Ook bewegingloos, want ze durfde hem niet uit het oog te verliezen. Als hij nu verdween achter de klok of achter een kast, dan durfde ze de kamer nooit meer in. Man, wat was hij groot. Acht harige poten, een dik zwart lijf. Ze had hem gehoord voordat ze hem zag, tikkend met zijn poten op het laminaat.

De patstelling begon op haar zenuwen te werken. Hij moest weg, maar hoe? Zonder langer dan een seconde weg te kijken, keek ze de kamer rond, op zoek naar iets dat groot en zwaar genoeg was om het beest te doden zonder erbij in de buurt te hoeven komen. De stofzuiger stond in de kast in de gang, dat was veel te ver weg. Bovendien durfde ze niet eens de buis dicht te stoppen, stel dat ie er precies op dat moment uitkwam. Ze rilde. Een schoen was te klein, dan kwam ze veel te dicht bij dat beest. Met een goede sprong kon hij… Daar wilde ze niet eens aan denken.

De kaarsenstander van gietijzer. Lang en zwaar. En massief, daar waar de kaars er op stond. Als ze hem goed raakte, was het beest in één keer dood. Ze sloop er naar toe en wrikte de kaars los uit de lagen oud kaarsvet. Op de tast maakte ze het oppervlakte helemaal glad, zodat het monster niet kon ontsnappen. Ze voelde zich net een gladiator toen ze de stang stevig in haar handen nam. Het beest zat nog steeds op zijn plek. Dit zou een vlek worden. Ze haalde diep adem en stootte toe. Ze hoorde iets kraken en de spin viel op de grond. Ze draaide de kaarsenstander ondersteboven en liet hem nog een paar keer hard op het ondier neerkomen. Er bleef weinig meer over dan een zielig hoopje. Ze zette haar wapen op de grond, licht hijgend.

Plotseling bewoog het dier weer.

'Nee!' gilde ze en weer ging ze het te lijf met de stander. Maar elke keer liep het mormel weer door. Ze ging door het lint, sloeg een vaas aan barrels zonder het te merken, bleef op het beest in rammen, maar nog steeds wilde het monster niet dood.

'Sterf! Sterf dan toch! Help!' riep ze.

'Buurvrouw, alles goed?'

De spin liep weer een paar stappen en ze gilde. Toen hoorde ze een geluid van brekend glas.

'Ik kom er aan!' klonk het uit de gang.

'Hij wil niet dood!' gilde ze.

'Wie?' De buurman kwam de kamer in.

'Kijk! Kijk dan! Hij wil niet dood!' Ze bleef het beest slaan, maar het was een zinloze strijd. Haar tranen trokken een koud spoor over haar brandende wangen.

'Stop maar,' zei de buurman. Hij had een pot uit de keuken gepakt en zette die zonder moeite over de spin heen. Hij schoof er vervolgens een kartonnetje onder en gooide het beest naar buiten.

'Gaat het weer?' vroeg hij aan zijn buurvrouw, die bleek en bezweet op de bank was neergeploft.

'Ja, ik geloof het wel.'

'Kopje thee, om bij te komen?'

'Ja, graag.' Ze keek hem dankbaar aan. Voor het eerst zag ze zijn mooie ogen. 'Mag ik u in mijn telefoon zetten onder 'spinnen-verwijderaar'?'

'Zeg maar jij, en misschien is het beter om mijn naam gewoon te gebruiken. Fred.'

'Esther,' glimlachte ze waterig.

De Man in de Schaduw hoorde ergens glas breken en was meteen op zijn hoede. Vaag drong gegil tot hem door. Ergens in de buurt was iets aan de hand. Meteen tuurde hij door een kiertje in de gordijnen naar buiten. De straat was leeg, de oprit ook. Niets aan de hand. Bovendien kon niemand vermoeden wie hij werkelijk was. Niemand.

Het zakhorloge gaf half twee aan. Het was tijd voor plan B, tijd om zijn ergernis over de gebeurtenissen van die ochtend van zich af te zetten. Nu kwamen al die weken schaduwen van pas, nu bewees hij dat het loonde om altijd meerdere opties open te houden. Hij verliet het huis en liep de straat uit naar waar de tweede auto van de dag stond. Het oude ding wilde amper starten. Prima. Zo'n oud barrel zou niet opvallen.

De bouwplaats was net een bijenkorf, overal liepen mannen in blauwe overalls met felgele helmen op hun hoofd. Het Doelwit was, als altijd, makkelijk te herkennen; hij was de enige in pak. Hij stond met een oudere man te discussiëren en te wijzen. De papieren op hun clipboards wapperden in de wind.

De Man in de Schaduw, in overall en met helm op, liep naar het gebouwtje waar het Doelwit kantoor hield. Voordat hij naar binnen glipte, keek hij snel om zich heen of hij werd opgemerkt, maar niemand keek zijn kant op. Hij voelde zich net een kameleon en grijnsde.

Het was een eenvoudig kantoortje. Een archiefkast tegen de muur en een bureau vol papieren en uitpuilende laatjes. In de bovenste la zat het potje zoetjes, het privé-potje van het Doelwit. De Man in de Schaduw pakte een identiek potje uit zijn zak en verwisselde de twee, zorgvuldig alles bij het oude latend.

Buiten leek er weinig veranderd. Het Doelwit sloot juist de discussie met de voorman af en liep richting de kantine voor zijn vermoedelijk vierde kopje koffie van die dag. De Man in de Schaduw kon de klok erop gelijk zetten. Het Doelwit was zo voorspelbaar. Zelfs de seks was standaard, vrijdag- en zondagavond. Steeds ongeveer drie kwartier lang en bestaande uit vier verschillende standjes. Misschien zou de vrouw van het Doelwit hem wel dankbaar zijn, dacht de Man in de Schaduw. Misschien kon hij haar - na een gepaste rouwperiode - wel wat nieuwe trucjes leren. Ze was erg mooi. Zijn grijns brak weer door.

Snel glipte hij door het hek, stak de verlaten straat over en verdween in een van de gebouwen die binnenkort gesloopt zouden worden. Binnen haastte hij zich naar de eerste etage, waar zijn verrekijker op hem wachtte.

Het Doelwit borg de zoetjes juist op in de la. Het hart van de Man in de Schaduw sprong eventjes op, victorie! Als het Doelwit zijn koffie op had, was het een kwestie van minuten voordat het gif zijn werk zou doen.

Daar ging de eerste slok al, terwijl een rode map werd opengeslagen. De mannen zouden hun loon dus nog wel krijgen. Of in ieder geval een deel van hen. Tweede slok, het bekertje raakte aardig leeg. Meer cijfertjes, aantekeningen. Het chequeboekje werd erbij gepakt. Hij roerde de koffie nog even door voor de laatste slok. Geweldig! De Man in de Schaduw pakte een zakje pinda's van de vensterbank en maakte zich op voor de voorstelling.

Spastische schokken, daarmee zou het beginnen. Het gif zou doordringen in elke spier van het slachtoffer, die niets anders kon doen dan ervaren dat elke lichaamsfunctie uitviel, tot het hart aan toe. Tegen de tijd dat hij om hulp zou willen roepen, kon hij zich al niet meer verroeren. De dood kwam daarna snel en genadig en de Man in de Schaduw zou zijn naam eer aan doen.

De minuten tikten voorbij. Het Doelwit begon te schokken. De Man in de Schaduw keek intens toe. De schokken werden heftiger, om plaats te maken voor volledige ontspanning. Gedaan.

Het Doelwit stond op, schudde zijn benen los en reikte naar zijn mobiele telefoon.

'Nee,' mompelde de Man in de Schaduw. Het Doelwit aarzelde, en legde de telefoon neer. Hij deed een oefeningetje met zijn vingers en zwaaide zijn armen even rond. Toen haalde hij zijn schouders op en ging weer zitten.

De Man in de Schaduw schepte een hand pinda's uit het zakje en gooide ze allemaal met trillende hand in zijn mond. De neiging om een balk uit het raamkozijn te rukken en de hele kamer kort en klein te slaan, liet zich maar met moeite onderdrukken.

Een half uur later was het Doelwit nog steeds bezig met de loonadministratie. De Man in de Schaduw raapte knarsetandend zijn spullen bijeen. Het lege pindazakje lag in kleine reepjes gescheurd in een hoekje. De helm lag ernaast en de blauwe overall lag onder de vensterbank. De Man in de Schaduw legde er een dot in olie ge-weekte watten op en stak de boel in de fik. Terwijl de stof begon te smeulen en de eerste zwartige rook opsteeg, verliet hij het gebouw.

Zag ze daar nu een rookpluim in de lucht? Madeleine legde haar hand boven haar ogen. Ja, ergens brandde iets. Ach, het was in de stad. Vanavond las ze het wel op de kabelkrant.

Ze besloot een kijkje te nemen. Ze hoorde niets toen ze langs de heg liep. Geen gespetter, niet de doordringende stem van haar zoon of het hoge stemmetje van zijn vriendje Lucas. Rust, dat was wat ze hoorde.

Ze pakte de wasmand van het gazon en streek liefdevol langs de vochtige handdoeken, die aan de lijn wapperden in de zomerbries. Heerlijk, deze dag. Dit had ze vanmorgen bij de voorbereidingen voor het ontbijt niet durven hopen. Meestal was Barry strontirritant als hij een dag vrij had, maar ze had hem eigenlijk de hele dag niet gezien. Nu ze erover nadacht, hij was niet eens komen lunchen met zijn vriendje. Het ontbijt was meer een brunch geweest, zo uitgebreid, maar toch. Zouden ze nog steeds in het zwembad liggen?

Ze kwam bij de opening in de heg, waar een oud, gietijzeren hek op een kiertje stond. Nog steeds was het stil. Ze kreeg een akelig voorgevoel. Barry zou er toch niet vandoor zijn gegaan zonder iets te zeggen? Bij het zwembad zag ze niemand. Het water golfde zacht en ritmisch tegen de randen.

'Barry?' riep ze voorzichtig. In haar binnenste welde een woede op. Hij was toch vertrokken zonder iets te zeggen. Het was allemaal de schuld van die Lucas. Rotjong. Slechte invloed. Ze zou zijn moeder eens op hoge poten... Er lagen twee donkere vlekken op de bodem. De ene had een zwarte zwembroek aan, de andere een blauwe met lichte vlakken. Ze zweefden er volkomen roerloos. De schrik benam haar de adem.

'Barry! Lucas!'

Zonder erbij na te denken dook ze het water in, naar de jongen met de zwarte zwembroek en trok hem omhoog. Hij bewoog in haar armen. Oh God, misschien was het nog niet te laat. Proestend kwamen ze allebei boven.

'Mam, wat doe je nu!' bulderde Barry. Lucas kwam nu ook boven en grijnsde breed naar zijn vriendje.

'Gewonnen,' zei hij.

'Zie je nou wat je doet?' foeterde Barry door. 'We deden een wedstrijdje! En nu heb ik verloren door jou!'

'Wauw, het is al half vier,' mompelde Lucas.

'Jij bent echt stom, mam.'

'Schat, ik dacht dat je...'

'Dan hebben we écht belachelijk lang onder water gezeten!' zei Lucas. Barry plensde zijn moeder een golf water in haar gezicht.

'Genoeg!' gilde die. 'Eruit, jongeman! Je had wel dood kunnen zijn!'

'Doe normaal, ma.'

'Jeetje, ik vond het wel lang... Maar zo lang?' Lucas staarde ongelovig naar zijn horloge.

'Lucas, hou je mond en ga eruit.'

'Maar mam...' probeerde Barry nog.

'Niks te maren! Ik dacht dat jullie dood waren! Wacht maar tot je vader hiervan hoort!'

'Alsof pa ook maar iets...'

'Of ik haal de buurman erbij!'

Barry hield abrupt zijn mond.

De Man in de Schaduw knabbelde op een pinda. Hij had zijn lippen kapot gebeten uit frustratie, het zout brandde in de wond. Het bracht hem terug in het hier en nu. Zijn woede verdween naar de achtergrond. Hij was de beste, hij had nog nooit gefaald. Nooit! Hoe deze flapdrol twee aanslagen had weten te overleven was hem een raadsel, maar nu was het tijd voor zwaar geschut. De Opdrachtgever wilde hem vandaag nog dood hebben. Het Doelwit had geen schijn van kans.

De Man in de Schaduw droeg een pruik met weelderig, lang blond haar. Hij zat in een oude telefooncel vol graffiti, tegenover het theater waar het Doelwit die avond naar een musical ging met zijn vrouw. Dankzij het GPS-zendertje onder de BMW van het Doelwit, zag de

Man dat de auto in de parkeergarage stond. Ze konden elk moment verschijnen.

De Man in de Schaduw keek door de zoeker van zijn Blaser R93. De vergroting was zo sterk, dat hij de laatste woorden van zijn slachtoffers vanaf een halve kilometer kon liplezen.

De vrouw verscheen het eerst. Opgedoft voor de gelegenheid was ze nog mooier. De Man in de Schaduw zwoer zichzelf dat hij haar ooit zou bezitten.

Het Doelwit kwam haar achterna.

'Weet je zeker dat het gaat lukken?' vroeg ze.

'Schat, ik voel me prima. Alleen een beetje maagzuur. Daar sla ik gratis kaartjes niet voor af.'

'Ik vind het toch gek, allemaal. Die mafkees die je aanreed vanmorgen, en nu die misselijkheid. Misschien heb je toch een hersenschudding.'

Het slachtoffer haalde zijn schouders op. 'Maak je niet druk, geniet. We gaan niet zo vaak uit.'

'Maar morgen heb je die belangrijke vergadering...'

'Schatje, kijk me aan.' Het Doelwit nam de handen van zijn vrouw in de zijne. 'Ik voel me prima. We gaan gewoon genieten vanavond.'

De Man in de Schaduw grijnsde. Hij was werkelijk de beste die er was. Niemand werkte drie scenario's uit, maar hij wel. En nu was hij er dankbaar voor.

Het Doelwit bukte om zijn veter vast te maken. De Man in de Schaduw volgde dadelijk zijn beweging en schoot. Recht in het hart. Hij laadde door en schoot nog een keer. Perfect in de roos. De vrouw gilde, mensen kwamen aanrennen. De Man in de Schaduw stopte zijn geweer in een sporttas, stapte de telefooncel uit en deed of hij bij de geschrokken menigte hoorde. Ruw duwde hij mensen opzij om zijn werk te bekijken.

Het Doelwit lag bloedend op de grond, zijn vrouw had haar armen om hem heen geslagen.

'Die is er geweest,' mompelde een jongen.

'Bel een ambulance,' riep een ander.

Het Doelwit opende zijn ogen.

'Lieverd!' riep zijn vrouw met tranen in haar ogen.

'Linda,' fluisterde hij. 'Help me overeind. Wat is er gebeurd?'

'Je bent beschoten!' huilde Linda. 'Blijf stil liggen.'

'Ik voel de pijn amper.'

'Blijf bij me,' fluisterde ze en ze kuste hem.

'Nee, echt,' zei hij.

'De ambulance is onderweg,' zei een vrouw.

'Ik voel me goed. De pijn trekt al weg. Was het wel raak?' Hij maakte aanstalten om op te staan.

De Man in de Schaduw draaide zich met nauwelijks verholen verbijstering om en liep weg. De gestolen auto stond vlakbij en hij gaf plankgas naar de meest afgelegen plaats die hij kende, de oude loods bij het meertje.

'Fuck! Jij klootzak! Waarom ben je niet dood? Dood!' schreeuwde hij. Een paar eenden vlogen geschrokken op. 'Dit kan niet! Kan niet!' Hij trok zijn geweer uit de sporttas. 'Is dat ding defect of zo? Is dat het?' Hij richtte op een boom en schoot. Een stuk schors schoot van de stam. Hij vuurde het magazijn leeg terwijl hij naar de boom toe rende, alsof de boom het Doelwit was geworden. Bij het laatste schot schoot er een stuk schors in zijn oog.

Zijn schreeuw deed de vogels aan de overkant van het meer opschrikken.

De vrouw met het schoonmaakkarretje liep door de wachtkamer bij de Eerste Hulp. Het was er volledig afgeladen. Haar blik gleed langs de mensen, die hutje mutje op banken, stoelen en brancards zaten en lagen. Op een hoekje zaten een man en een vrouw. Ze leken allebei in elkaar geslagen en de spanning tussen hen was te snijden.

'Edward, je hoort morgen van mijn advocaat,' hoorde ze de vrouw tegen de man sissen. Hij maakte een verveeld geluid.

De schoonmaakster schudde haar hoofd. De wereld hielp zichzelf naar de sodemieter, die conclusie had ze lang geleden al getrokken.

Een man met lang blond haar - was het een toupet? - lekte door een gaasje over zijn oog. Zijn zwarte jas was doorweekt en het bloed droop naar beneden, waar zich al een plasje had gevormd. Een zacht gegrom ontsnapte uit haar keel. Daar zou ze aan het eind van haar dienst dus ook nog mee bezig moeten. Bloedvlekken op de vloer, dat kon echt niet. Ze stopte even om een oude dweil erin te gooien. En nu maar hopen dat de engerd snel geholpen werd, dan viel de schade misschien nog wat mee. Het was echter belachelijk druk. Ze zuchtte. Het was bijna negen uur, haar dienst zou er normaal gesproken op zitten, maar dat zou vandaag niet lukken.

Zodra ze bij de lift stond, kwam de welbekende onrust weer op. Het mortuarium moest nog. Ze sloot haar ogen. De droom was alweer een paar jaar geleden, maar nog steeds stonden de beelden haar levendig voor de geest.

Doden, op de tafels, onder lakens, allemaal met een kaartje aan hun teen. Een siddering, een arm die opeens opzij viel. Een lijk ging rechtop zitten, een ander gooide het laken van zich af. En allemaal wilden ze maar een ding. Háár levenskracht opzuigen. Ze gilde en wilde wegrennen, maar de doden sloten haar in. Een wirwar van armen, gezichten en dode ogen, en toen was ze niets meer...

Ze rilde toen het belletje van de lift haar weer in het heden bracht. De schoonmaakster zuchtte. Niemand stapte met haar in. Logisch ook. Niemand wilde naar de kelder.

De lift ging tergend langzaam naar beneden. Het belletje klonk vals in haar oren. Ze wilde het liefst meteen weer naar boven.

'Nee. Ik ben een volwassen vrouw en die mensen zijn dood. Dood!' riep ze zichzelf tot de orde. Het rammelen van haar sleutelbos echode in de lege gang. De deur ging zonder piepen open. De schoonmaakster keek eerst behoedzaam vanuit de deuropening naar het lab. Alle tafels waren leeg. Die constatering overspoelde haar als een golf warme lucht in januari. Er lag geen enkel lijk op de tafels! Opgelucht duwde ze haar karretje naar binnen en toen ze haar mop pakte, begon ze zacht te fluiten.

Het kind zat met haar blote knieën op de ziekenhuisvloer, haar handen gevouwen en haar gezichtje geheven. Haar lippen prevelden wat ze niet hardop zei; haar woorden waren alleen bestemd voor haar God. De Dood, die onzichtbaar in de hoek van de kamer hing, hoorde ze ook. Heel even opende het meisje haar ogen, en werd hij zich weer bewust van de betovering. Nu pas kon hij het blauw van haar ogen loslaten. De eeuwigheid die hij erin had gepeild, had hem terugge-

164

bracht naar de tijd voordat hij zijn roeping had geaccepteerd en de duistere kant van het licht had gekozen. Zo lang geleden, en toch zo dichtbij. Als hij tot zuchten in staat was geweest, had hij dat nu gedaan. Zij wist niets van dit alles. Zelfs geïncarneerde engelen vergaten wie ze waren zodra ze stoffelijke vorm aannamen.

'Lieve God, dank je wel. Dank je wel dat je gisteren naar mij geluisterd hebt en dat je mama nog een dag langer bij ons hebt gelaten. Het was zo belangrijk voor papa. Ze hebben heel veel geknuffeld, Here God. Dat hadden ze nog even nodig. Wil je in de hemel alsjeblieft goed voor mama zorgen? Amen.'

Het meisje opende haar ogen en keek op. Haar vader strekte zijn arm naar haar uit. 'Aimée, kom je erbij?'

De Dood herstelde zijn pantser, beschaamd en verwilderd. Snel versmolt hij met het duister.

Het meisje knikte en liep naar haar ouders toe, die elkaars hand stevig vasthielden. Zij pakte de handen die nog leeg waren en maakte de cirkel compleet.

'Ik hou van je, mama,' zei Aimée zacht. Haar ouders keken elkaar even betekenisvol aan, een zachte glimlach brak door op het fragiele gezicht van de vrouw. 'Ik ook van jullie.'

De Man in de Schaduw voelde zich beroerd. Hij greep naar zijn pinda's, om zich voor de zesde keer te realiseren dat het zakje leeg was. Er stond een automaat verderop. Op het moment dat hij wilde opstaan, zag hij haar. Ze duwde de rolstoel met daarin het Doelwit, dat gelaten accepteerde dat al dat bloed op zijn hemd toch wel op enig letsel moest duiden.

De Man in de schaduw had al zijn wilskracht nodig om niet subiet zijn vlindermes te trekken en het in de weke onderbuik van zijn tegenstander te boren, ongeacht hoeveel mensen er omheen stonden. Zijn vingers sloten zich al om het metaal.

Plotseling klonken er vanuit meerdere hoeken doffe klappen. Mensen vielen van stoelen en brancards. Het Doelwit zakte ineen. Zijn vrouw keek in paniek om zich heen en De Man ving haar blik met zijn ene oog. 'Nee, nee! Niet nu! Ik hou van je!'

'Ah. Nu kan ik gelukkig sterven,' dacht de Man in de Schaduw met een grijns. Al had hij niet verwacht dat ook daadwerkelijk te doen.

In de ziekenkamer stierven de piepjes langzaam weg en maakten plaats voor een unisoon geluid. Het meisje verborg zich in haar vaders omhelzing, wetend dat dat hem evenzeer troostte als haar. Nog een keer laafde de Dood zich aan haar blauwe ogen, om met een gevoel van spijt zijn plicht te hervatten.

Het kind kuste haar moeders hand en zuchtte.

'Amen,' fluisterde ze.